Gozo fabuloso

Paulo Leminski

Gozo fabuloso

todavia

Prefácio, por Alice Ruiz 7

Narrar 9
Wanka, o dia em que as pedras pensaram 10
Distâncias 25
De frente pra luz 35
O segundo futuro 41
Daruma arigatô 47
El día en que me quieras 50
Isso não é meu 54
A verdadeira volta de Argemiro, o Grande 57
Solange tudo bem e seus eletrodomésticos 60
Céu embaixo 64
O filho dele 69
Elas 73
Vida de cão e outras vidas 76
Me escondendo e outros brinquedos 79
Meu caso inexplicável 81
Love Is a Many Splendored Thing 83
O último voo 85
Nominator 87
Osíris 89

O outro coração 91
A Loba de Roma 93
Gente do Conselheiro 97
MKWD 101
Amon / Aton 103
O imperador no aquário 107
Contagem regressiva 109
Além Poe 115
O resto imortal 117
De homem para homem 119
Já era uma vez 121
Quem sabe 123
Vai e vem de ais 125
Sintomas 128
Bauhaus Dazibaos Kierkegaard Kindergarten
(Bauhaus Dazibaos) 131
A zona venenosa 133
O.K. Corral 140
Transperto 143
Alguma coisa 146
Entre quatro parênteses 149

Prefácio*

Alice Ruiz

No final dos anos 1960 e no começo dos 1970, havia em Curitiba um concurso oficial de contos. O Paulo, por considerar o conto um texto menor, moveu um pequeno movimento contra a excessiva valorização do gênero pela instituição. No dia da entrega dos prêmios, inspirados em seus argumentos veementes, lá fomos nós, Paulo, Pedro, seu irmão, e alguns amigos fazer nossa manifestação, portando cartazes, feitos por nós mesmos. O do Pedro dizia "24 anos e já saudosista". O meu simulava uma TV com os dizeres "Pena o conto não ser em cores". O do Paulo, bombástico, anunciava "O conto é o soneto de hoje". Mas isso foi ontem. Com o tempo, o Paulo foi desenvolvendo crônicas, pequenas ficções, para uma coluna assinada em jornal, para revistas ou para seu próprio prazer. E foi pegando gosto pelo conto. Surgiam como surgem os poemas, pululando entre uma obra ou outra, como as traduções ou prosas de maior fôlego, como as biografias ou romances. Quando vi tudo junto, achei desigual, esquisito, mas de um esquisito legal. Os originais deste livro só foram entregues ao Caio Graco Prado, da Brasiliense, depois da morte do Paulo. Mas, em seguida, o Caio também se foi e, no processo de sucessão da editora, o livro ficou à espera. Voltou a mim, continuou à espera. Até o Joca Reiners Terron propor a edição pela DBA, o que me fez rever todo o material então já

---

* Prefácio à primeira edição (São Paulo: DBA, 2004).

totalmente embaralhado. Depois de organizado, o que vi/revi foi suficiente para esquecer que o conto "era" o soneto de hoje. Coisa que, evidentemente, o Paulo já tinha esquecido. Hoje, são ainda atuais e, como tudo que ele fazia, diferente do que se vê por aí. Contos e crônicas com amanhã. Muito amanhã.

Narrar

Óbvio o título desta legião de enredos.

Gozo fabuloso só pode ser o delírio combinatório de extrair do restrito infinito dos entrechos possíveis uma história sem par, delícia só comparável à de cantar uma canção bonita.

Fábulas, canções, que seria de nós sem essas misteriosas entidades?

Textos que se proclamam contos e não contam nada, abominá-los.

Quem canta, tem que cantar. Quem conta, tem que contar.

Fantasia fabular; isso parece ser fundamental.

Vanguardas e outras subversões à parte, nunca vai faltar amor para uma canção bonita, aquela história redonda, o retrato da pessoa amada.

p leminski

Wanka, o dia em que as pedras pensaram

I.

— *Wanka!, Wanka!*, chegaram apontando e gritando para algum lugar entre as montanhas Machacalpa.
— Um wanka?, saltei da rede, tonto de febre, e saí para o sol. Os dois índios apontavam lá para cima como se quisessem furar o céu com o dedo. Um deles começou a falar rapidamente, aquela fala repetida e circular, onde eu, que não entendo quíchua, só conseguia distinguir as palavras *wanka* e *Machacalpa*.
— Como se atrevem a acordar o doutor?, Gervásio veio de lá de dentro com uma faca na mão, um brilho de ódio senhorial na cara mestiça. Os índios recuaram.
— Deixe, Gervásio. Pergunte onde viram o wanka.
— Que wanka, senhor! Esses aí são mentirosos, são índios de Imanawaypas. Sabe o que quer dizer Imanawaypas? *"Hazme lo que quieras". Olvídalos.*
— Gervásio, pergunta onde foi que viram o wanka.
— *Wanka, imata, imatam?*, Gervásio perguntou, guardando a faca na bainha e adoçando o olhar.
Os índios começaram a falar, os dois ao mesmo tempo, dizendo a mesma coisa durante um tempo que me pareceu sem fim.
— *Ripukuy, ripuku!*, Gervásio disse de repente e interrompeu a conversa.
Fez um gesto de ameaça para os dois adolescentes.
— *Ripukuy!*

Os índios ficaram ali parados, com uma cara de cachorro esperando um osso.

— Gervásio, dê um facão para cada um e diga para eles estarem aqui, daqui a (pensei na minha febre)... três dias.

— Mas, senhor...

— Por favor, Gervásio, POR FAVOR! QUER DAR UM FACÃO PARA CADA UM E MANDAR ELES ESTAREM AQUI DAQUI A TRÊS DIAS?

Gervásio cuspiu um "sim, senhor", e foi lá dentro buscar os facões. Os índios ficaram ali no sol, bem no meio da estrada em frente do armazém de Gervásio, e, olhando para mim, fixos como uma dor de cabeça, ficaram muito tempo, escutando a conversa entre o silêncio e as moscas.

Pela milionésima vez, fiquei olhando para aquela gente, para aquelas caras difíceis de ler, aquela paciência vegetal, aquela vocação para a pedra. Desde que vim trabalhar nestas montanhas, ainda não descobri nada do que vim procurar. A única coisa que descobri é que essa gente só se conhece pelos atos. Ou fazem ou não fazem alguma coisa: pela expressão do rosto não se pode adivinhar se estão com medo, com fome, com raiva. Até quando morrem guardam essa cara, a mesma cara de quem apenas diz "estou aqui, nunca nada aconteceu, tudo já houve".

— Tomem!, Gervásio voltou, e jogou os facões diante deles, levantando duas nuvens de poeira, onde os índios desapareceram.

A paz das montanhas voltou, o silêncio bichado de moscas, e eu voltei para a rede, a cabeça vibrando de febre.

Deitei, e ouvi Gervásio deitando em sua rede lá atrás do armazém, e logo começando a roncar. Antes de afundar no sono, fiquei pensando, eu aqui, agora, daqui a pouco, vou começar a sonhar. Gervásio lá atrás já deve estar sonhando. Que será que ele sonha? Qual será a diferença entre os nossos sonhos? Se é que ele sonha. Bobagem. Todo mundo sonha. Talvez todo mundo sonhe igual. Outra bobagem.

2.

Gervásio avançava com a faca até um dos índios, e ia fazer, eu sabia, alguma coisa atroz, horripilante, vazar um olho, castrá-lo, cotar-lhe a garganta. Horrorizado, quis detê-lo, mas pensei, deixe, eles não estão com febre, eles não vão sentir nada, wanka não sente nada, e comecei a pensar em quíchua, e de repente fiquei com vergonha de que alguém estivesse me ouvindo, aquela vergonha de saber que está falando errado, abri os olhos, e Gervásio sobre mim, me estendendo uma banana descascada.

— Saco vazio não fica de pé, ele falou.

Eu estendi a mão para a banana, e comecei a mastigá-la. A febre tinha me tirado o paladar, parecia que eu estava comendo um bocado de merda seca de lhama, como se eu estivesse comendo a minha própria língua.

Sentei na rede, e joguei a casca da banana na poeira, estava anoitecendo, e a sombra das montanhas caía do alto do céu em cima do casebre de Gervásio, o único armazém em quilômetros.

Olhando-o ali, cozinhando qualquer carne numa panela, não sei se o odeio, o admiro, desprezo-o ou tenho medo.

Quando cheguei nas montanhas, já estava aqui, trocando coisas com os índios, vendendo para os raros brancos ou entregando mercadoria de graça para as tropas do governo, que, de vez em quando, apareciam por aqui atrás das quadrilhas de bandidos que infestam toda a região.

— *No son bandidos, senhor. Son caministas.*

— Qual a diferença?

— *Mucha, senhor.*

Já fazia tempo que eu ouvia falar dos caministas, os partidários do Camino de Luz, espécie de bandidos organizados que emboscavam a polícia e o exército, queimavam aldeias, matavam mulheres e crianças e levavam os jovens consigo para transformá-los em bandidos.

— Desde que chegou o Camino de Luz, não há mais bandidos nestas montanhas. Os que não foram mortos pelos caministas, estão hoje no Camino.

Fez uma pausa só para soprar o fogo embaixo da panela.

— São todos assassinos, naturalmente. Matam, cortam e roubam como os bandidos. O exército devia mandar muitas tropas para acabar com eles.

— Não sabia que você se interessava por política.

— Não me interesso. Só que as guerras prejudicam os negócios. Só isso.

Comemos em silêncio a carne com farinha, ouvindo o vento lá fora, as brasas tremendo, o lampião, o cômodo único, cheirando a sabão, madeira cortada, couro, vinagre, cinza e gordura queimada.

Como se adivinhasse o que eu estava pensando, Gervásio...

— O senhor não sabe como tratar esses índios. Não vê que eles o estão enganando? Há meses vêm aqui gritar que acharam um wanka em troca de facões, a gente vai lá, quase morre, leva um dia inteiro, era uma pedra como outra qualquer. E volta. Ninguém pode fazer uma pedra falar. Quanto mais escrever.

— Uma hora, a gente encontra.

— Uma hora. Até lá, sabe o que o senhor está fazendo?

— Não faço ideia.

— Está armando o Camino.

— Como assim?

— Aonde o senhor acha que vão parar os facões? Os índios de Imana são todos caministas. Eu os conheço pelo cheiro.

3.

Um wanka. Que mais podia um especialista da minha área querer? Afinal, só foram identificados, até hoje, três wankas, que a ciência reconhece como autênticos, o wanka de Huyalas, o de Ayza e o chamado Grande Wanka de Ñan Kanchay, nos arredores de Calpili.

Nelas, Murray, Moreno e outros identificaram, nos arabescos que cercam a cabeça das divindades, uma forma de escrita. Qualquer imbecil diplomado, no entanto, sabe muito bem que nenhuma civilização pré-colombiana da América do Sul conheceu a escrita. Os incas, a civilização mais recente e mais desenvolvida, mantinham, em seus mudos palácios, templos e castelos, arquivos de *quipos*, cordões coloridos com nós, de valores puramente numéricos, que serviam apenas para registros contábeis de bens armazenados e estocados.

Só os maias e astecas, na América do Norte, atingiram uma escrita de palavras e ideias, nomes de dias, meses, anos e eras, nomes de pessoas, deuses, reis e sacerdotes.

Se Moreno e Murray estiverem certos, isso equivale a uma revolução científica. Porque daí, ao contrário do que diz Gervásio, *as pedras começarão a escrever.*

Dos alunos de Murray e Moreno, sou o único que teve coragem de vir penar aqui nestas montanhas procurando mais wankas, vestígios de uma escrita única, que depois se perdeu. Os outros preferiram ficar confortavelmente instalados em suas universidades, comparando a escrita dos wankas com outras escritas conhecidas, próximas ou remotas no tempo ou no espaço, como eu fiz durante tanto tempo.

Logo que cheguei aqui nas montanhas e no armazém, que transformei em meu quartel-general, mandei Gervásio espalhar pelas redondezas que, no armazém, havia um estrangeiro maluco que dava um facão em troca de notícias sobre um certo tipo de figura de pedra, com riscos em volta do desenho do rosto.

Bem pago, Gervásio passou a história para as pessoas certas, os velhos, os muito jovens, os mais gananciosos, os muito bêbados, só as pessoas mais acreditadas da comunidade.

Um dia apareceu o primeiro índio. Disse que, indo atrás de uma lhama desgarrada, foi dar numa pedra grande, maior que três homens. Tinha uma cara, em volta da cara, riscos como o estrangeiro maluco queria. O wanka ficava a meio-dia ao sul, na direção de Intipampa. Gervásio preparou tudo, e partimos ao amanhecer do dia seguinte. Na estrada, encontramos uma patrulha do governo. O oficial em comando nos fez parar, revistou tudo, fez mil perguntas, ameaçou Gervásio com um revólver, mandou o índio ficar nu, mas demonstrou um certo respeito diante da qualidade das minhas botas. Perguntou a Gervásio por que eu usava óculos, sendo ainda jovem. Gervásio explicou alguma coisa relativa ao sol, "os estrangeiros não estão acostumados com a luz, *mi capitán*", perguntou se a tropa não precisava de nada, a carga estava à disposição, o oficial se sentiu ofendido, montou, deu ordem para a tropa seguir e deixou nós quatro em paz.

Fazia muito calor, quando chegamos no wanka. Era uma pedra enorme, cinzenta, e eu me aproximei o mais rápido que pude, abracei-a e fiquei passando a mão por sua superfície como se passasse a mão numa bunda.

Dei a volta na pedra. Sua superfície estava toda cheia de sulcos, traços, saliências, ranhuras. E eu dancei, ah, como eu dancei em volta daquela rocha, cantando em todas as línguas que eu sabia! Um wanka! Enfim, mais um wanka! De repente, parei, esperei a respiração voltar ao normal e comecei a examinar a pedra. Gervásio e o índio me olhavam a distância, Gervásio espantado, o índio com aquela cara deles. Dei círculos e círculos em volta da pedra, olhando atento para as rugas da superfície erodida e escalavrada. Vi sulcos, saliências, julguei ver traços de olhos sobre uma boca, mas a parte de baixo se dissolvia em linhas sem lógica nem direção, mil desenhos se superpondo a mil desenhos. Continuo caminhando em círculos, parece que vejo um nariz, meu olhar se perde num labirinto de curvas, eu viro para

Gervásio, e mando ele perguntar ao índio onde está o desenho do *wanka*. O índio avança com o dedo apontando para a pedra, e começa a dar a volta nela, sempre apontando, e dizendo a cada volta, *"wanka, wanka, wanka, wanka, wanka"*. Volto para a pedra e olho com força. Nenhum trabalho de escultura ali, só a ação dos milênios, o calor, o frio, o trabalho das estações, a água, a chuva, o orvalho, a umidade, a dilatação dos minerais, a erosão, a degradação dos cristais, a matéria bruta e seus estúpidos acasos. Num primeiro momento, meu olhar em febre vê deuses, sacerdotes, reis, textos, naquele deserto de significados. Agora, era o nada. O índio continuava dando a volta na pedra, apontando o dedo, *"wanka, wanka, wanka"*. Virei para Gervásio.

— Vamos embora.

E foi em silêncio que subimos a trilha de volta, o silêncio da noite, o silêncio da pedra, o silêncio das pedras bichando escritas no silêncio da noite, o silêncio onde dormem os *wankas*.

4.

Assim que a gente voltou, deitei na rede, tirei o wanka da cabeça, fiquei pensando muito uma coisa que me intrigava.

Gervásio começou a falar sozinho, que era o jeito que ele usava para falar comigo.

— Um homem com seu estudo, desconfio, deve ficar pensando às vezes como é que.

— Como é o quê?

— O senhor sabe como é.

Era sempre assim. Gervásio vivia num mundo de coisas implícitas, atitudes cúmplices, coisas que não é preciso explicar.

"Quem explica, complica", costumava dizer, quando eu lhe fazia perguntas assim:

— Como é que ainda não te cortaram a garganta, nem soldados, nem caministas?

— O comércio, o senhor sabe, senhor. Nestas montanhas, sou a única criatura que enxerga os dois lados das coisas. O senhor não estaria me fazendo nenhum elogio dizendo que como eu não tem outro. Conheço o lado da polícia. Conheço o lado do Camino. Eu não me meto em política, senhor. Sou a única pessoa aqui, entende, senhor?, com a cabeça em cima do pescoço. O resto tudo é louco. Tem um sargento da milícia que gosta de cortar crianças em pedacinhos. E conheço um chefe do Camino que, quando pega prisioneiros do governo, os queima vivos com gasolina, durante o jantar da sua gente. Alguém tem que ver as coisas como elas são, não acha, senhor?

Botaram a porta abaixo, e entraram seis homens armados até os dentes, cada um mais brabo que o outro.

E o que parecia ser o chefe chegou em Gervásio, agarrou-o pelo pescoço, levantou-o e atirou-o num caixote de sabão.

— *Buenas noches, Gervásio.*

Gervásio acariciou o pescoço.

— *Una luz en el camino hace buena todas las noches, mi capitán.*

— *Bueno*, disse o capitão.

— *Sargento Bueno se presentando, mi capitán.*

— Assume tudo lá fora. Só até eu esclarecer umas coisas por aqui.

O sargento saiu, Gervásio e eu ficamos sob a mira dos rifles e daqueles olhares de wanka.

— Sem sangue, rapazes, o chefe disse.

Todos abaixaram as armas, e se esparramaram pelo pedaço, um cortando um naco de charque, outro um rolo de fumo. Um outro sabia onde estava a cachaça. Alguém foi lá fora buscar um violão.

O chefe virou para Gervásio, e apontou para mim a faca de picar fumo.

— Quem é esse aí?

— Aquele estranho. O tal que dá facões pra quem achar um wanka.

O chefe me olhou bem.

— Deve ser daqueles que andam à procura de ouro. Talvez, de coisa melhor. De óleo, quem sabe.

Gervásio balançou a cabeça.

— *Quien sabe, mi capitán. A mi me parece un tonto, no más. Un gringo tonto a quien las viejas piedras le dicen algo.*

— A mim me digas outra *cosa. Algun* problema por aqui?

— Depende do tipo, *mi capitán.*

— Claro, compreendo. A estação está boa. Dizem que está chovendo lá embaixo.

— Sempre chove nesta época do ano, *mi capitán.*

— Tem razão. Não tinha pensado nisso. Sempre chove.

O vento lá fora batia na porta do armazém, querendo entrar.

— Um dia, a gente acerta tudo isso, o capitão falou, apontando para cinco homens que comiam, bebiam e fumavam, revistavam a gaveta, experimentavam espingardas, abriam caixas, caixotes e barris.

— Um dia, *mi capitán.*

Do meu canto, além da luz do lampião de querosene, eu apenas observava meio atento, meio dormindo, aquele cerimonial.

O capitão e Gervásio se falaram, aos solavancos, durante mais de uma hora, um tempo que nunca terminava. Uma fala toda circular, vazia, sem sujeito nem objeto.

— *Por supuesto que sí, mi capitán.*

— *Por mi puesto que no.*

— *No más.*

— Deus queira.

— *En ese caso...*

— *En lo malo, lo mejor es lo peor.*

— *Donde comen tres, comen quatro, pero no tanto.*

— *Una puerta se cierra, otra se abre, mi capitán.*

Um dos homens afinou o violão, e cantava qualquer coisa como

Cuando la naranja
se vuelva a limón,
dejará un hombre de ser un ladrón.

Um outro respondia

Cuando la naranja
se vuelve a pepino
dejará un hombre de ser asesino.

E um outro, lá no fundo

Cuando una chica
se vuelva a muchacho
dejará un viejo de dormir borracho.

— *Una sola vez se muere, mi capitán.*
— *No andemos a las verdades, como hacen las comadres.*
— *Dos perros y un hueso en medio, no hay acuerdo.*
— *Cada un sabe adonde le apreta el zapato.*
— *Mundo loco, mundo loco, unos con tanto y otros con tan poco.*
— *En la mesa y en el juego conocese al hombre.*
— *En el fuego, mi capitán.*
— *Bueno.*

De repente, o capitão levantou, ajustou o cinturão, chamou os homens.

— Hora de ir. Já sei tudo o que a gente precisava saber.

E saíram todos para a noite cheia de cascos de cavalo estalando na rocha viva, gritos de homem e o fervilhar dos grilos se transformando no infinito silêncio das montanhas.

— Uma figura e tanto, eu disse.
— Tem quem goste, tem quem não.
— Um bandido das montanhas, suponho?

— Não, senhor. É o chefe dos caministas. Amanhã, vai haver muita gente morta.
— Parece que se morre muito por aqui.
— Não que a gente queira, senhor.
Era tarde, muito tarde. A gente tinha que dormir. Amanhã de manhã, daqui a pouco, os dois índios de Imanawaypas iam estar aqui para a gente ir ver o wanka, mais um wanka, o terceiro neste mês, pedras, pedras, pedras roídas pelo vento, pela chuva, pelo calor, escritas de ninguém para ninguém.

5.

No terceiro dia, a febre não tinha passado.
— Acho que o senhor devia continuar deitado, falou Gervásio. Andar um dia inteiro por aí atrás de pedras riscadas só vai piorar as coisas.
Saímos de manhã, bem cedo, assim que os índios chegaram. A luz do dia nas montanhas, uma luz fortíssima, total, quase absoluta, me doía na cabeça como uma ideia fixa.
Andamos a cavalo alguns quilômetros, em direção ao sul, bem devagar, os índios caminhando atrás.
Uma hora, Gervásio fez sinal de alto, paramos e procuramos um lugar para fazer fogo, comida e café. Os índios comeram longe de nós, a uns quinhentos passos. Me passando um naco de charque na ponta da faca, Gervásio abaixou a voz.
— Alguma coisa estranha com esses índios.
Para mim, tudo era estranho neles. O silêncio, as falas circulares, onde parecia que, para dizer alguma coisa, era preciso falar e falar muito, fazendo as palavras girarem tontas, umas em volta das outras, muitas e muitas vezes, até que se chegasse perto de algum sentido.
— Não vi nada de estranho.
— Uma coisa estranha, muito estranha, senhor.

Gervásio levantou, olhou para os índios, olhou em volta, o olhar escorregou para as montanhas, e voltou para os índios.

— Mas o que é que você está estranhando?

— Não é uma coisa simples, como dizer bom-dia. É alguma coisa que posso sentir no ar. Não estou gostando do rumo que as coisas estão tomando.

Eu já estava me habituando a não entender Gervásio. Nunca dizia as coisas como elas são. Tudo tinha que ser interpretado, pressuposto, adivinhado, minha cabeça doía cada vez mais, como se eu estivesse falando com uma mulher. Ou várias.

Levantamos, e continuamos rumo sul. Agora, era a vez de Gervásio ficar estranho. Seu nervosismo se transmitiu para o cavalo, que caminhava arisco, quase corcoveando, relinchava e batia os cascos com força no chão em pedra viva. Uma hora, quase derrubou Gervásio, que puxou as rédeas com raiva, e eu vi sangue borbulhando nos lábios do animal.

Os índios iam indicando o caminho, as escolhas nas encruzilhadas, em direção a algum lugar que só eles sabiam.

Quanto mais a gente avançava, mais Gervásio ficava nervoso, e foi aí que o tiroteio começou.

Ao ouvir o primeiro disparo, Gervásio gritou:

— Eu sabia!, engatilhou a carabina, virou no cavalo e fulminou os dois índios com dois tiros certeiros.

As balas zuniam de todos os lados, não me deixaram perguntar porquê. Gervásio tocou as esporas no cavalo.

— Corre, que caímos numa emboscada.

Meu cavalo levou um tiro de raspão na anca, e saltou para a frente, Gervásio e eu correndo que nem loucos pela trilha que levava até o sopé de uma colina, em cima de um monte de pedras redondas como pães.

De repente, entramos num lugarejo de cabanas e barracas, cheio de gente armada de rifles e revólveres.

Gervásio estacou o cavalo e desceu, com a carabina na mão. Vários homens vieram até ele, seguraram o cavalo, e ouvi o mais alto perguntar:

— Ferido, *mi capitán*?

Era o chefe dos bandidos que tinha estado há três dias atrás no armazém de Gervásio, e o tinha tratado como a um cachorro.

— Tudo bem, Gervásio falou. Quantos homens temos aqui hoje?

— Poucos, *mi capitán*. Houve grande batalha lá embaixo. Muita gente foi pelear. Os federais estão por toda a parte. Igualzinho o senhor me disse lá no armazém.

— Houve traição. Índios de Imanawaypas. Matei os dois ali atrás.

E de repente:

— E a munição? Toda aqui?

— A maior parte, *mi capitán*. As estradas estavam de federais como moscas. Não deu para retirar a tempo.

— Mande dez homens defender a munição com a própria vida. O resto que se espalhe por aí para matar federais. Matem o mais que puderem.

Gervásio virou para mim e me atirou sua carabina.

— Tome, vai precisar.

— Espere, eu falei, a cabeça tinindo de febre. Quero ficar com você.

— Então, venha.

Lá de cima os federais, ou seja lá quem fosse, começavam a atirar sem parar. Pelo som dos tiros, eram armas todas do mesmo calibre, as nossas soavam cada uma com uma voz diferente.

Comecei a atirar, deitado do lado de Gervásio, até que o tiroteio cessou.

— Desistiram, falei.

— Hora de planejar, Gervásio falou, recarregando o rifle, sem olhar para mim.

De repente, olhou para mim.
— Surpreso, senhor?
— Não me surpreendo tão fácil. Mas nunca imaginei isso.
— O Camino tem estranhos caminhos, senhor.

Estranhos caminhos. Como é que eu ia imaginar que Gervásio era o chefe desses caministas que viviam pelas montanhas, brigando com o exército que nem gato e cachorro?

— Há muitas coisas que o senhor não compreende. E, com toda a sua escola, não vai nunca compreender. Mas aqueles homens lá em cima estão lutando para manter um mundo antigo, tão velho quanto os wankas que o senhor andou procurando. O que o senhor vai viver hoje é uma coisa muito pequena. Hoje, o senhor vai ver uma derrota do Camino. Podia ser melhor. Mas é melhor que nada.

Os tiros voltaram a pipocar, de todos os lados. Minha cabeça parecia que ia estourar. Um dos federais correu de uma pedra para uma árvore, e eu o acertei em plena corrida. Ele atirou a carabina para cima, e rolou ribanceira abaixo. Um prazer sem fim invadiu minha alma, e eu comecei a atirar entre as pedras donde saíam os tiros federais.

— Poupe munição, Gervásio me falou. Este aqui é nosso principal depósito e estamos quase sem balas. Maldita hora quando o senhor deu ouvidos àqueles dois traidores.

Os federais se aproximavam, cada vez mais perto. Eu ouvia os gritos dos caministas caindo baleados, gritando ordens, insultando os céus.

Gervásio quis se levantar para atacar, um dos seus homens correu e o agarrou pelo braço:

— O senhor, não, *mi capitán*. A gente morre em seu lugar.

Só então olhei para a cabana embaixo da grande pedra, com uma grande cara esculpida, cercada de arabescos e teias de aranha riscadas na pedra, um wanka. Era ali o depósito de munições do Camino de Luz, balas de revólver, de rifle, de carabina, bananas de dinamite, barris de pólvora, facões, defendidos pelos dez melhores homens de Gervásio.

Gente gritava, tiros, tiros, minha cabeça parecia que ia estourar. Foi então que os federais começaram a vir de todos os lados. E eu ainda ouvi a enorme explosão.

Distâncias

I.

— Não tem mais gente fiel nesse mundo.
O peão em frente encarou o moreno e deu o troco.
— Pois lhe digo que tem, compadre, e muito.
O moreno passou o mate para um companheiro, e enxugou a palma das mãos nas coxas, a um palmo da faca, o clarão da fogueira, a chaleira, a água fervendo.
O peão percebeu o gesto, deixou o cigarro de palha cair no chão, todo mundo viu o cigarro caindo, caindo, um passarinho baleado no meio do voo, o cigarro de palha caiu no chão, o peão pisou em cima, com toda a calma, com toda a raiva, e insistiu.
— Haja vista o caso da tropa do Caolho, rio ano da neve.
Teve gente que se aninhou ainda mais nas mantas e nos ponchos, teve gente que tirou a cabeça pra fora, teve quem ficou fazendo outras coisas, de tudo, teve um pouco.
O moreno não tirou os olhos do chão, bem no lugar onde o cigarro tinha caído, e ficou fazendo carinho na bainha da adaga, como quem não quer nada.
O peão não tomou conhecimento.
— Quem foi que não ouviu falar do Caolho? Um chefe como aquele. Mas tem gente muito filha da puta.
E olhou para o moreno.
— É ou não é?
Não sei quem resmungou, vermelho da luz da fogueira, um resmungo de gente quase dormindo.

— De um chefe caolho, já ouvi falar, que eu não nasci ontem, e escutar bobagens é uma das coisas que eu mais fiz na vida.

Uma outra voz soprou da sombra, fraquinha que até parecia uma impressão.

— Ouvi falar de vários, vários, uma porção. Ficar caolho é a coisa mais fácil do mundo, muito, muito fácil.

A noite foi piorando, os burros sonhando alto debaixo da garoa, a fogueira cada vez mais cansada de piscar, todo mundo esparramado no meio da lama, meio com fome, meio pensando numa mulher, um negócio pra resolver, a mão na faca e o coração na bolsa junto com o dinheiro, todo mundo sonhando o mesmo sonho, um pedaço aqui, um pedaço ali, ninguém mais, e mais ninguém.

2.

— *Wy stracizs druguem, Panówie! Tam, tam, Panówie!*, o caingangue apontava para uma descida que ia dar lá no fundo de um abismo.

— *Tam, tam, Panówie!*

— Que diabo esse bugre está dizendo?, perguntou, de cavaleiro para cavaleiro, o tropeiro de chapéu alto para o guia.

— *Koi aimbaré ikoype?*, o guia perguntou ao índio, a pé, do lado da trilha, olhando espantado para aquilo tudo.

— *Koi anhe-ẽ aimbaré ikoype!*, o guia gritou.

O índio balançou a cabeça.

— *Ikoype!*

E o índio, nada.

O guia virou-se para o chefe, e abriu os braços como um pinheiro.

— *Yo no comprendo, señor. Estoy más para viejo, carajo, que en este viaje ya no comprendo nada.*

— Mas esse aí não é um caingangue?, o Chefe exigiu. Já vi caingangues antes. E tão certo como eu me chamo Lamenha Lins, esse é um deles.
— *Por supuesto que es. Pero no habla. No habla caingangue. E eso que dice valgame la Virgen que me cuerte los cojones se llego a comprender migaja de lo que dice ese animal. No sé lo que se pasa, señor. Mejor nos vamos.*
E virou-se para os primeiros da tropa.
— *Adelante, putada!*
O rio de cavalos, burros, homens e armas, escorria fininho pelo verde infinito que ia, ia e ia, eternamente, de algum lugar ao sul em direção a uma grande feira de burros em Sorocaba.

3.

Eram cento e vinte burros para dezessete peões, mais Lamenha Lins, o Chefe, Barão de Cotinga, chapéu alto, barba metade branca debaixo da sombra do chapéu alto, espingarda inglesa na mão e muito pasto gordo nos arredores de Curitiba. Ao lado do barão, Leucádio, seu guia paraguaio, e o braço direito, Celidônio Mendonça, que, todo mundo sabia, era seu filho com alguma cabocla entre Viamão e o Paranapanema.

Depois do encontro com o caingangue, a tropa andou perdida pelos matos, o céu cinzento, querendo garoar, os homens e os burros querendo chegar nas moedas de ouro e na buceta das putas da feira de Sorocaba, o céu cinzento querendo garoar, garoando, os burros indo para Minas, os homens voltando para o sul, para dentro, para a paz.

Depois de dias, viram fumaça de chaminé de gente, um sítio com um caboclo magro como um burro pesteado, meio caçador, meio plantador de uns pés de milho. Ao primeiro "ó de casa", o caboclo magro se aproximou do Chefe e lhe apresentou um documento, onde se lia que era representante do

Imperador naquelas paragens para assuntos de paz e guerra. Lamenha Lins leu o rolo de papel do alto do seu alazão, e perguntou se vivia mais alguém com ele. Ele respondeu que só sua velha mãe, quase centenária. Lamenha Lins perguntou onde havia aguada bonita por perto, há quantas léguas estavam da vila mais próxima. E, para terminar, quis saber quantos homens tinha sob seu comando.

— Só eu, senhor, em muitas léguas. Mas tirando os índios e as onças não é um mau lugar pra morar nem pra passar uma noite.

— Vamos passar a noite aqui, o Barão se virou para Leucádio e Celidônio, que fizeram os cavalos dar a volta e saíram gritando para os peões da tropa que levassem os burros para os campos vizinhos e apeassem para comer e dormir.

Naquela noite, na beira de uma das fogueiras, o peão e o moreno se encontraram de novo. Foi o moreno que veio até a fogueira onde o peão e uns três companheiros esquentavam água para o mate e botavam, a um palmo da brasa, umas lascas engorduradas de carne de boi, de anta, de veado, de capivara, salgadas com suor de cavalo.

O moreno foi chegando, a manta nas costas, cobrindo os braços, deu boa-noite, e abriu as mãos do lado do fogo para pegar o calor.

Quando, depois da carne, o mate começou a correr, o moreno virou para o peão.

— O compadre dizia...

O peão olhou com calma para o moreno, deixou o cigarro cair, e falou com uma voz de gente grande falando com criança.

— Nem toda noite é noite pra contar histórias.

Quando todo mundo se esticou pra dormir, o moreno ficou acordado, a mão na faca, o pensamento no peão que o tinha obrigado a passar uma noite sem ouvir a continuação da história.

4.

O próximo passo era a passagem pela ponte pênsil sobre o rio Papagaios, um fio de teia de aranha sobre o abismo, a cachoeira furiosa do Caiacanga.

Jesuítas e seus índios, tropeiros do passado, Nossa Senhora da Luz, ninguém sabia ao certo quem tinha esticado aquela ponte de cordas, cipós e troncos amarrados, grossa de bosta de burro, que encurtava a viagem de, pelo menos, seis dias (a única outra passagem era um baixio do rio, muitas léguas a leste).

— Até que não era ruim essa vida.
— Não fosse a ponte do Caiacanga.

Assim diziam os peões e tropeiros que viviam feito índios, sempre em movimento, de Viamão a Sorocaba, de Sorocaba de volta aos campos do sul, onde o joão-de-barro moldava sua casa de costas para a faca do vento que vinha mais lá de baixo, do inverno infinito, do fim do mundo.

Lamenha Lins parou diante da ponte, fez sinal para Celidônio e Leucádio, que mandaram a tropa parar. Agora, era de dez em dez, dez cavalos, dez burros, mais dez burros, mais dez.

— Vai devagar.
— Que nem na ponte do Caiacanga.

Devagar, de dez em dez, os homens e os outros animais começaram a passar.

— Não olhe pra baixo, diziam.
— Não tem nada lá embaixo.
— O último a passar é mulher de padre.
— No cu, paisano!

Os burros entravam na ponte escorregando na bosta dos companheiros à frente.

— Está se cagando, compadre?, um tropeiro a cavalo perguntava brincando ao peão que vinha atrás.

— Mais parece a bosta da sua mãe, o outro respondia, com um relincho de cavalo.

Lamenha Lins, como sempre, ficava por último, lendo a bicharada passar, contando burro por burro, examinando o estado da tropa, um por um, quantas moedas de ouro tudo aquilo ia dar em Sorocaba.

A passagem da ponte do Caiacanga levou a luz de um dia inteiro. Quando começou a cair a noite no mato, toda a tropa já tinha passado, menos Lamenha Lins, mais uns trinta burros e nove peões. Amanhã, era outro dia. A tropa do lado de cá e a tropa do lado de lá se prepararam para acampar por aquela noite, dos dois lados da cachoeira do Caiacanga.

O peão e o moreno, por acaso, já tinham passado, e ficaram no acampamento sob as ordens de Celidônio. A noite foi o de costume, carne e água na brasa, muitas fogueiras, alguma pinga, risadas, cheiro de burros, homens e cavalos, na noite amarga como o mate.

Nem foi preciso mandar. Mal o moreno se acocorou em frente do fogo, a faca na mão picando fumo, uma voz de peão começou a falar de baixo para cima.

— Tem quem diz que não tem mais gente fiel. *Miren ustedes*, neste mundo tem bobo pra tudo.

A faca do moreno escorregou do fumo, e deu um corte no dedo, o moreno apertou um pedaço na ferida pro sangue não correr.

— Fiel feito a gente do Caolho, eu ainda não vi, e, se eu não vi, é porque não tem, o peão falou, e olhou pros lados do moreno, como quem tem um olhar pra desperdiçar.

O moreno apertou ainda mais a ferida e o sangue.

— Fala mais baixo aí, filho duma égua, que o macho da tua mãe aqui é um pai de família e tem que dormir!, uma voz gritou de uma fogueira distante.

O peão coçou o pescoço, e continuou, mais baixo, agora que o peso da noite começava a cair como as águas da cachoeira em cima do fogo, cheirando a carne e gordura.

Sua voz vinha lá do outro lado, lá de longe como o relincho de um burro, sonhando que tinha atravessado a ponte do Caiacanga.

Em volta da fogueira, tinha uma porção de gente esparramada, aquele ali já dormia desde que caiu no chão, um outro não parava de cutucar o braseiro como se fosse uma ferida, uma sarna, um berne.

— Vamos que saia uma tropa de Viamão para Sorocaba, o peão falou assim como quem não diz nada.

— Digamos cem, cento e trinta burros, uns vinte peões, mais o Caolho e sua gente. Porque o Caolho não era assim, e apontou para o outro lado da cachoeira, o Caolho viajava como quem está em casa. Do lado dele, iam o irmão dele, um gordo, forte, que se chamava Hermelindo, o filho mais velho, um médico estrangeiro, que vivia fazendo perguntas, colhendo flores e colecionando pedras e borboletas, um tal Saint-Hilaire, um guia paraguaio, e até um padre, frei João Maria, que fazia até os burros pedirem perdão a Deus por ficarem de pau duro.

O moreno escutava, uma fogueira dentro da cabeça, por fora, quieto, picando fumo, uma papa de sangue e fumo que ele continuava picando.

— Um dia, o Caolho saiu com a tropa, cem, cento e trinta burros, uns vinte peões, e vieram para Sorocaba. Mas antes de Sorocaba tinham que atravessar a ponte do Caiacanga.

A voz do peão diminuía cada vez mais, enfraquecida como se estivesse sangrando.

— Aquela ponte. Precisavam ter visto aquela ponte.

Quanto mais a voz do peão diminuía, mais o moreno chegava perto dele até que, numa hora, todo mundo já estava dormindo roncando alto, e só o peão e o moreno ainda insistiam em continuar no mundo dos vivos.

— Aquela ponte, o peão falou.

E foi a última coisa que disse.

5.

Com a primeira luz, a gritaria dos passarinhos e dos macacos começou a discutir com o ronco maciço da cachoeira, e as fogueiras começaram a voltar das cinzas e das brasas que acordavam morrendo de sono.

E era só burro zurrando, cavalos batendo os cascos no chão, aquela luz na cara, aí está a vida, compadre.

Lamenha Lins já devia estar montando, o chapéu alto, o gesto cansado, os dias e as noites pesando nas costas, o jeito sem graça de dizer vamos.

Lá vêm eles.

Os primeiros burros atravessam a ponte, e saem trotando na frente de Celidônio, e a gente, não sei quem começou, começa a aplaudir, a gritar, bêbado da força dos burros, trezentos patacões de ouro cada.

— Passa logo, seu filho de uma égua!
— Vem aqui, pro colinho do papai!
— Deixa pra cagar do lado de cá!
— Olha lá o chefe!

Lamenha entrou na ponte, o alazão escorregou na bosta de burro, se equilibrou, Lamenha segurou o chapéu, atrás dele vinham os últimos cinco burros que faltavam, lá embaixo a cachoeira era a boca de uma onça com dor de dente.

Celidônio esporeou o cavalo, avançou e esperou o pai.

No meio da ponte, Lamenha ouviu o estalido da corda arrebentando, o cavalo empinou, e a ponte veio abaixo. Num relâmpago, Celidônio já vinha de laço na mão, rodou o laço em cima da cabeça e cravou as esporas no cavalo. O laço chegou a passar perto de Lamenha, mas nisso a ponte já caía levando cinco burros, um alazão e o Barão de Cotinga para dentro da água que fervia lá no fundo, para sempre.

O laço chegou a ficar, um momento, parado, aberto no ar.

Depois, caiu, e se encolheu como uma cobra fulminada por um raio.

6.

Sob o comando de Celidônio, a tropa seguiu rumo norte.
Aquela noite, foi difícil de dormir.
Todo mundo falava ao mesmo tempo, contando aquilo que todo mundo tinha visto. A ponte se partindo. Os burros no ar. Lamenha. O laço de Celidônio.
O moreno estava com as botas muito perto do fogo, começou a sair fumaça, e ele puxou os pés, quando ouviu o peão:

— Não lhe falei da ponte do Caiacanga? Aquilo era coisa de padre, dizia o Caolho, e frei João Maria concordava, sorrindo.

O peão falou, puxou a manta pra cima do rosto, e ficou quieto feito um tronco, lambido pelos claros da fogueira que latejava.

O moreno ficou um pouco quieto, ouvindo aquela musiquinha besta dos grilos, o treque-treque do fogo comendo madeira, por fim, se decidiu. Levantou, e foi cutucar o sono do peão. O peão esperneou um pouco, abaixou a manta e olhou com raiva.

— O que é que foi?

— E, daí, compadre? Que foi que aconteceu com a tropa do Caolho na ponte do Caiacanga?

O peão se enrolou de novo e ficou quieto.
O moreno insistiu.

— Compadre, acorda. Agora, você vai me contar tudo.

— Vai dormir, Moreno, e vê se sonha que está tirando sua mãe da zona.

O moreno agarrou a manta do peão, puxou com força e a atirou longe.

O peão levantou de um pulo, a mão na faca, e berrou que acordou até os carrapatos dos cavalos.

— Mas tem gente que não conhece mesmo o seu lugar.

A faca relampejou na sua mão.

— Vou lhe cortar as orelhas, seu filho de uma égua, pra você aprender a respeitar o sono dos outros.

O peão pulou pra cima do moreno, que só teve tempo pra cair de lado e sentir o vupt da faca passando perto da orelha. E já caiu com a faca na mão apontando para a barriga do peão.

— Vou te mostrar, seu bisbilhoteiro de uma figa, o peão gritou e acabou de acordar todo mundo.

O pessoal ficou de pé e fez roda em volta da briga.

— Essa eu quero ver!

— Enfim acontece alguma coisa!

— Na garganta, Moreno!

— Sangra!

— Corta! Corta!

O peão tirou um pedaço do ombro do moreno, que trocou a faca de mão e avançou, todo ensanguentado. Pelo vazio do lado direito, a faca do moreno subiu, e riscou o pescoço do peão, espirrando sangue.

As facas caíram, o peão se ajoelhou, a mão no pescoço tentando parar o sangue, e rolou no chão.

Todo ensanguentado, o moreno monta em cima, o agarra pelos cabelos e aproxima a cara de sua cara crispada.

— E o fim da história, seu filho de uma égua?, berra quase cuspindo na cara do peão. Qual é o fim da história?

O outro abre a boca e, do meio do sangue, só deu tempo de dizer:

— A história...

De frente pra luz

I.

— Estão por toda parte. São muitos, muitas vezes muitos, muito mais do que a gente pode imaginar.
— Estão aqui? Agora?
— Aqui, neste quarto, ali, do lado do armário. Vejo todos eles. Tem um lindo ali naquele canto.
 Olhei para o canto, só vi a roda de luz do abajur na parede.
— Tem um olhando pra você agora. Ali.
 Virei a cabeça, nada.
— E o que é que ele quer?
— Não sei. Nunca se sabe o que eles querem.
 Uma pausa, fechou os olhos, e levou uma eternidade para abri-los:
— Alguns, às vezes, eu acho, querem apenas ser vistos. Só isso.
— É bom ser visto?
— Muito. Você precisa ser visto pra ser feliz. Uma pessoa trancada muito tempo, sozinha, num quarto, começa a enlouquecer. Sabe por quê?
— Porque não tem ninguém pra conversar.
— Não. Isso não é o principal. É porque ninguém olha pra ele. Se ninguém olha pra você, você não é visto. E se você não é visto, sinal que você não existe.
— E eles, existem?
— Quando eu vejo, existem.

— E onde é que eles estão, quando você não está vendo, quando você está dormindo?

— Daí, eu sonho com eles. Vá dormir agora. Já é muito tarde.

Dei um beijo na testa dela, fria como pedra. Minha tia passou a mão no meu rosto, e eu fui para meu quarto, com o carinho de sua mão latejando no rosto.

Ao fechar a porta do quarto, senti uma presença estranha. Havia alguém, alguma coisa, ali dentro. Nunca tinha tido essa sensação antes. Olhei para todos os lados, bem devagar. Tudo continuava no seu lugar, a cama, a mesinha, a janela, o abajur. Mas havia alguma coisa no quarto, alguma coisa que eu nunca tinha sentido.

Levei a mão ao rosto, e me pareceu que tinha mudado.

Fui depressa para o espelho em cima da minha mesa. Olhei. Nada. O rosto continuava o mesmo, meu nariz, meio comprido, meus lábios, os olhos eram os meus. De repente, senti, de novo, a presença estranha no quarto. Não tirei os olhos do espelho. Mas fiquei olhando nele tudo o que se passava atrás de mim. Por um momento, pensei ter visto alguma coisa. Virei a cabeça, e o quarto continuava igual.

Apaguei a luz, e tentei dormir, pensando em tudo aquilo que minha tia tinha me dito, em tudo o que sempre me contava, desde que eu era bem pequeno.

Foi ela quem me criou. Minha mãe morreu, quando nasci. Nunca consegui me livrar da sensação de culpa, eu a matei. Para nascer, eu a matei.

Minha tia tem um retrato dela, bem moça, os cabelos presos atrás, os olhos um pouco assustados, como os meus. No retrato, não está olhando de frente. Seu olhar está um pouco desviado para a esquerda, como se alguma coisa, de repente, tivesse chamado sua atenção. É triste pra mim olhar o retrato dela. É como se ela nunca olhasse pra mim. Que será que ela viu quando o fotógrafo bateu a chapa?

Esse desvio do olhar dela me deixa sempre com a sensação de que ela não quer *olhar pra mim*. Eu sou a morte dela. Quem tem coragem de olhar a morte de frente? Ela sabe. Ela quer existir. Por isso, desvia o olhar.

2.

Vivendo como cartomante e vidente, minha tia, que nunca casou, conseguiu me criar e pagar meus estudos até a universidade.

Durante anos, tia Soraia leu mãos, cartas, recebeu mensagens do além e viu passar diante de seus olhos a dor, a frustração, o fracasso, a ânsia, a esperança, a parte que nos cabe no vale de lágrimas.

Toda sexta-feira recebia uma entidade especial, o professor Dario Veloso, espírito de luz muito pura, um mensageiro de paz, que sempre sabia dizer a palavra certa, a frase confortadora. Jamais vou conseguir esquecer sua voz quando recebia o professor Dario. Era a voz *de um homem*. Minha tia tinha uma voz fina e meio cansada. Nas sextas-feiras, ao receber o professor Dario, sua voz ficava grossa e poderosa, calma e límpida. Não era a voz dela, com certeza. Ela me criou, vivi anos com ela. Nunca senti em sua voz, em nenhum momento, nada que, sequer de longe, lembrasse a voz do professor Dario.

Durante a semana, minha tia recebia consulentes para leitura de mãos ou de cartas. Cresci acostumado com a coisa de ela estar ali na sala ouvindo as pessoas, cutucando seus destinos, escarafunchando passados, fazendo as previsões mais estapafúrdias: "Dentro em breve, vai surgir em sua vida um senhor moreno, já grisalho, que tem uma filha. Você vai conhecê-lo numa festa. Ele vai ficar muito impressionado com você. Vejo aqui trabalho. Ele vai convidar você para trabalhar com ele. Não deve aceitar de cara. Dama de copas. Ele está separado da mulher. Mas ela exige parte de sua fortuna... Rei de paus. Ele pode vir a ser o homem de sua vida. Mas vejo, aqui, uma encruzilhada...".

Nunca soube se suas leituras da vida dos outros ou suas previsões tinham dado certo. Só sei que suas consulentes viravam suas amigas, traziam outras. Algumas frequentam nossa casa há anos. Vêm nos aniversários. Trazem presentes. Um dia, nossa casa estava para ser derrubada. Minha tia telefonou para uma amiga, que telefonou para a mulher do prefeito. E não se falou mais no assunto.

Nunca achei que tivesse poderes especiais. Para mim, o que ela fazia era a coisa mais natural do mundo. Professor Dario, damas de copas, linha da vida, monte de Vênus, cresci ouvindo essas palavras como quem ouve dizer pão, água, bom dia, desculpe.

Mas era antes de dormir que ela me falava deles. De sua capacidade de vê-los. De falar com eles (às vezes, eu a ouvia falando em seu quarto com um interlocutor indeterminado).

Nunca me disse nada dos seus poderes com as cartas, os segredos escritos nas linhas da mão.

Hoje, me parece que ela reservava para mim o mais importante, a capacidade de sentir uma presença onde, aparentemente, não havia nada.

Como diante de uma palavra, digamos, "além". Onde fica o além, que tamanho tem, que coisas existem nele?

3.

— Eles ficam nas coisas. Um pouco aqui. Um pouco ali. Tem um que sempre sinto, quando está presente. Nunca consegui saber quem é. Só sinto um perfume.

— Não sabia que eles têm cheiro.

— Alguns se anunciam pelo cheiro. Agora pouco senti um cheiro de camomila, que era o chá favorito de tua mãe. Ela

adorava camomila. Eu até dizia pra ela, quando a gente era menina, "quando você voltar, volte no cheiro de camomila".
— Não estou sentindo cheiro nenhum.
— É sempre assim. Eles são muito tímidos. Têm muito medo. Tem um que sempre vem até mim com os olhos cheios de angústia, a boca aberta, as mãos entrelaçadas com força, como quem quisesse perguntar, "o que foi que aconteceu comigo?".
— E você, o que é que responde?
— Eu não falo com eles. Quando eu era menina, quando tudo isso começou, há muito tempo atrás, eu respondia, tentava conversar. Mas parece que eles estão do outro lado de um vidro, abrem a boca como peixes num aquário.

Tinha um aquário no meu quarto. Eu apagava as luzes, puxava uma cadeira e ficava olhando para aqueles seres rápidos, girando num piscar de olhos, perfeitos dentro da água, como um reflexo de luz num vidro.

De tanto olhar para eles, acompanhando seus movimentos, me parecia que eu virava um deles, luz em luz, desfeito na claridade de um luar absoluto.

Um dia, tomei coragem e perguntei para minha tia, um pouco antes de ir dormir:
— Como é passar para o outro lado?
— Quem sabe? Eu acho que é como lembrar. Ou esquecer.
— Esquecer o quê?
— Como esquecer o nome das coisas.
— Eu *nunca* vou esquecer o nome das coisas.
— A gente sempre esquece. Você já esqueceu o principal.

Ao dizer isso, minha tia me olhou com um olhar estranho, um olhar que parecia vir do outro lado de um vidro. Um olhar onde eu li uma espécie de pavor frio.

Não pude suportar aquele olhar. E girei o rosto para a esquerda. Ela estava para me dizer *alguma coisa* que eu não queria ouvir. Uma coisa que eu sabia, agora, *eu tinha certeza*.

Eu não queria, eu faria *qualquer coisa* para que ela não me perguntasse.

Mas ela não teve piedade:

— Como é aí, do outro lado?

O segundo futuro

Quando, enfim, saí viajando aí pelo mundo, já era muito tarde.
Devia ter vindo mais cedo. Devia ter vindo quando ainda acreditava em muito mais coisas, quando ainda tinha a esperança da mudança.

Devia ter vindo quando ainda estava aprendendo, não assim, já sabendo que Paris é uma festa, Hamburgo, um bordel, Amsterdam, um hospício, Londres, um cemitério, o mundo todo, uma podre Disneylândia, feita de lugares-comuns.

Quando quebrei a perna, aos dez anos, e fiquei imobilizado por três meses, o único livro que eu tinha para me entreter era um velho atlas, só mapas, os nomes dos países, cidades, rios e mares escritos numa língua que eu nunca tinha visto (holandês, quem sabe), Schleswig-Brassau, Irkutsk, Tananafivo, Malawi, Aracataca, Tegucigalpa...

Folheando aquele atlas, jamais me afligiu um devaneio de viagens inesquecíveis a lugares distantes, o descortinar de outras paisagens, um mar de outra cor, o outro lado do céu. Era apenas um atlas, uma família de manchas vermelhas e marrons, pontilhadas de palavras, rachadas por linhas de arbitrário curso.

Quando pude, enfim, conhecer o mundo, como se diz (como se o mundo ficasse lá fora, apanhando chuva, levando tiros, se arriscando a ser atropelado por um demônio mais apressado), eu já sabia tudo o que ia me acontecer, tudo o que ia sentir, já sabia de tudo, como se tudo já tivesse havido.

Sabia que, um dia, eu ia apanhar aquele avião para a Itália. Que ia ser de graça, eu sabia. Eu sabia que ia ganhar aquela bolsa. A viagem foi exatamente como eu imaginava. As tediosas esperas nos aeroportos. Os bares e restaurantes, todos iguais, as mesmas bebidas, as mesmas pessoas. Fiz amizade com uma figura linda no aeroporto de Lisboa. Fui falar com ela no aeroporto de Roma, ela disse, "perdão, cavalheiro, mas nós nunca nos vimos". *I beg your pardon*, miragem do mundo, ilusão suprema da infinidade de vidas possíveis.

O resto foi o tédio de sempre. Depois das primeiras surpresas, a própria surpresa se tornou uma rotina sufocante. Aquelas cidades não me despertavam nada, seus nomes se embrulhavam na minha cabeça. Entre Rímini e Bergamo, como era o nome daquela aldeia perto de Trieste?

Em Roma, durante o congresso, conheci um empresário de romancistas policiais americanos e ingleses. Não sei por quê, mas o desgraçado (que era búlgaro, eu acho) tomou-se de amores por mim, talvez vendo em sua frente um futuro produtor de best-sellers. Em vão lhe expliquei que eu detestava mistérios e tinha asco físico pelo fácil suspense da literatura policial. Sem me ouvir, me fez uma proposta generosa: pagava minha volta à Europa para eu participar, com ele, em abril, de um congresso de ficcionistas na Dinamarca, estadia paga, despesas por conta da firma.

Fodeu tudo. Alguém tinha ganho a partida, e não era eu.

Em Oslo, me associei a um sindicato mundial de escritores que, no verão, ia redigir um manifesto ecológico, a ser enviado a todos os governos do mundo. No verão, lá estava eu, em Bratislava, na Iugoslávia, participando de um simpósio em torno de um assunto sobre o qual eu sabia tanto quanto o padeiro da esquina.

Nesses deslocamentos, conheci uma porção de gente que achei interessante, exatamente aqueles, aliás, que mais se pareciam comigo. Mas já que éramos tão parecidos, não aprendi grande coisa com eles. A maior parte, a clássica coleção de medíocres e canalhas, santos, tolos, malucos e enganadores, substância de que é feita a humanidade em geral.

Estive por aí nesse mundo um tempão, sem sofrer muito, sem ser muito feliz, sem saber ao certo o que era certo, sem ter certeza do que era melhor para mim, sempre pensando e (às vezes) dizendo, quem sabe, não tinha nada escrito, vamos deixar como está para ver como é que fica.

Um dia, fui com um amigo até um sebo não sei bem se em Zurique ou Leipzig. Detesto livros. Principalmente quando velhos. Eles sempre olham pra gente como se soubessem mais, como se guardassem grande coisa lá dentro daquelas letras cobertas de poeira, trabalho destinado ao esquecimento. Fui, porque chovia, a tarde era uma água só, eu estava inquieto, tudo me irritava, aquela cidade estava querendo acabar com a minha vida.

Vamos ao sebo. Folheia daqui, folheia dali, o que é que eu vejo? O atlas. Aquele mesmo que me fez companhia nos meus dias de menino com a perna quebrada, quando eu tinha dez anos. Nenhuma dúvida. A mesma capa, as mesmas gravuras, os rios, as cidades, os portos, os destinos, os desertos.

Abri o enorme volume como quem quebra um ovo.

Passei a mão sobre as páginas, a palma queimando. Ásia Menor, América, Europa Central. Parei o dedo e fiquei passeando por uma área que ia da Suíça até a Rússia, da Alemanha até a Lituânia, da Tchecoslováquia até a Ucrânia. Baixei os olhos, e persegui como um helicóptero, aquelas aldeias de nomes esquisitos, Dubno, Kromiec, Maslow, Gromnek, Kurytyba.

Ao ler "Kurytyba", algo zuniu alto dentro de mim, alto, agudo, lindo, como deve ser a dor do câncer.

Levei tempo para me recuperar. Perguntei ao livreiro, "este atlas é verdadeiro? *C'est vrai? Wahr? It's true?*". O livreiro, um jovem de óculos, suéter creme, me olhou meio sorrindo, suspeitando uma brincadeira. "Um atlas, verdadeiro? É um atlas do século XIX, muita coisa mudou. Até que ponto um atlas é verdadeiro, verdade não é questão de geografia... Mas na medida em que um atlas pode ser verdadeiro esse é, eu creio. Mas acho que muitas dessas aldeias não existem mais, mudaram de nome."

Eu perguntei, "essa aldeia aqui, Kurytyba, existe, quer dizer, onde é que ela fica?". Ele olhou, calculou, "se ainda existe, deve ficar entre Lwow e Praga". "Como é que eu faço pra chegar lá", podia eu fazer outra pergunta? Ele me remeteu para uma agência de viagens que tinha voos para o Leste.

Liquidei todos os meus assuntos, juntei todo o dinheiro que eu podia e me inscrevi numa excursão que partia para aquela região. Cheguei numa terra estranha, de gente que pensava diferente, falava diferente, nunca tinham, por exemplo, ouvido falar numa aldeia chamada Kurytyba.

Um dia, cheguei em Racyborz. Conforme o atlas, era a aldeia mais próxima da que eu procurava. Desci na estação e procurei o professor de francês do lugar. A experiência tinha me ensinado que era sempre por aí que eu conseguiria alguém com quem conversar e me dar informações. Mas não havia nenhum professor de francês no lugar. Nem de inglês. Nem de alemão. De nenhuma língua que eu conhecesse.

Então, lembrei que os padres costumavam saber latim. Não era tudo, eu não sabia latim, mas já era alguma coisa, um que outro substantivo, um verbo, uma locução consagrada. O padre Bronislaw era pouco mais que um camponês de batina. Mas tinha noções de francês e falava um pouco de italiano. Misturando várias línguas, gesticulando muito, chegarmos a estabelecer um quase diálogo.

Minha primeira pergunta, claro, só podia ter sido: "*Ubi est Kurytyba? Où-est elle?*". "*Oui, Kurytyba.*" Padre Bronislaw custou a entender que eu falava sobre uma localidade. Eu disse, *"Kurytyba, civitas, urbs, un village"*. O padre me olhava, balançava a cabeça, dizendo *"néscio, né znáiu"*.

Tracei um mapa no chão, Racyborz bem do lado de Kurytyba. *Né znáiu.*

Sofrendo como um condenado, errando em várias línguas, o padre Bronislaw conseguiu me fazer entender que muitas aldeias tinham desaparecido durante a guerra, queimadas pelos alemães, bombardeadas pelos russos ou simplesmente abandonadas. O lugar de muitas era agora apenas campo, plantações de trigo ou de milho. Ninguém mais lembrava. Os antigos habitantes tinham ido embora, desapareceram em campos de concentração, levados em vagões de gado para destino desconhecido, imigraram para a Austrália, para a América.

Enquanto o padre falava, enxugando a testa com um lenço vermelho, o menino não tirava os olhos de mim. Imaginei que fosse algo assim como um misto de sacristão e empregado do padre. Foi ele quem trouxe e serviu o chá com biscoitos do interior da casa paroquial. O padre o tratava com um misto de indiferença e arrogância professoral. Ao ver que o menino acompanhava nossa tentativa de diálogo, o padre fez um gesto para o menino se retirar. Contrapus outro gesto e uma expressão que pedia que ele ficasse, *"s'il vous plaît, si vobis placet"*. O padre se levantou abruptamente e me estendeu a mão, como quem diz, prazer em conhecê-lo. Devo ter interferido em sua esfera de poderes, e me arrependi. Acabava de perder, eu sentia, a única possibilidade de ter alguém para conversar naquele lugar desconhecido.

O padre me conduziu até a porta, e eu saí, com minha mala na mão.

Caminhei uns cinquenta passos, quando senti alguém caminhando do meu lado. Um cachorro, pensei. Me virei, era o menino, ele parou, eu parei a três passos dele. Tentei dizer alguma

coisa mas muitas línguas me vieram ao mesmo tempo e o que eu gaguejei deve ter parecido um mero grunhido desesperado.
    O menino hesitou, veio até mim e apanhou minha maleta.
    Voltamos a caminhar.
    O menino apontava para algum lugar à esquerda da estrada. Ele tomou esse caminho e eu segui, nu de qualquer pensamento.
    Voltamos a caminhar lado a lado. Caminhamos em silêncio um longo pedaço. Depois de muitas curvas, voltei a tentar me comunicar. Disse meu nome várias vezes, apontando para meu peito. O menino escutou em silêncio. Umas curvas depois, começou a dizer, apontando para o peito, Miguel, Miguel. Subimos toda a Marechal Floriano, quebramos na Visconde Nácar, e continuamos anelando até a Comendador Araújo. Ao cruzar a linha do trem, soube que estávamos chegando no Portão. Foi só anelar umas quadras e chegamos bem na frente da casa.
    Eu parei diante da porta.
    E fiquei esperando um pouco.
    Logo, ela veio lá de dentro, magra, mas rija como um nó de corda, e disse, com aquele jeito de quem não gosta de dar ordens:
    — Entre logo. Eu vou esquentar alguma coisa pra você comer.

Daruma arigatô

Na feira da Liberdade eu o vi pela primeira vez, baixinho, atarracado, um senhor feudal japonês, a primeira vez que ele não me viu, com seus grandes olhos vazios e brancos, janelas para os infinitos do desejo, Daruma, o nome japonês de Bodhidarma, o primeiro patriarca do Zen chinês, Daruma, eis o nome que esses estranhos bebedores de saquê e comedores de peixe cru dão a este boneco ridículo, só uma cabeça, a cabeça cortada de um samurai depois de um haraquiri.

À velhinha japonesa que o vendeu; apregoando suas virtudes:
— Quebra?, perguntei, pensando na viagem de volta.

A velhinha pegou o Daruma, e o bateu várias vezes no balcão, repetindo, repetindo, com toda a força:
— Não quebra, não quebra, não quebra.

E lá estava eu com aquele objeto debaixo do braço, uma cabeça humana com dois vazios em lugar dos olhos.

Diz a lenda que o patriarca Bodhidarma meditava uma noite, e dormiu. Acordou de repente furioso com o sono que tinha interrompido seu namoro com o nirvana, arrancou as pálpebras, e atirou-as no chão. Das pálpebras de Daruma, nasceu a planta do chá, que ajuda os monges dos mosteiros zen a se manterem acordados nas longas vigílias de meditação no inverno.

A cabeça de Daruma no colo, segui no táxi em direção a um daqueles laboriosos endereços paulistas, a casa de uns amigos oculta numa rua toda cheia de árvores, cercada de travessas com nomes de desembargadores, professores, coronéis.

Dentro do embrulho, senti o olhar de Daruma pesando como um desejo, como o pau duro. Olhar, aliás, é modo de dizer, como chamar aquilo que dois olhos vazios fazem diante do espaço?
Lembrei das frases da velhinha:
— Direito a dois desejos. Pintar um olho em Daruma, quando um desejo for atendido. Daruma não tem olho. Daruma quer ter olho. Daruma satisfazer dois pedidos. Cada desejo satisfeito, pintar um olho em Daruma. Assim Daruma ficar feliz.
— Por que dois?, perguntei.
— Olho ser dois. Dois ser olho, todo mundo ter, Daruma dois.
Além de não ter corpo e de satisfazer a dois dos nossos desejos mais caros, a outra característica notável do Daruma era ficar sempre de pé, restabelecendo o equilíbrio depois de cada empurrão.
Voltei na viagem com ele no colo. Na primeira parada, desci e, com medo do que não estava entendendo, o joguei na estrada ao lado do ônibus, talvez algum caminhão pesado de batatas e galinhas o esmagasse contra o asfalto, a ele e aos dois vazios infinitos que tomavam o lugar dos seus olhos.
Já estava sentado, pronto para dormir, quando o motorista veio e me devolveu o Daruma.
— O senhor deixou cair isto lá fora.
— Obrigado, eu disse. Não sei o que eu faria sem isso.
De pura gratidão, levei a mão aos bolsos para pegar dinheiro e dar uma gorjeta ao salvador do Daruma. Mas só achei bilhetes vencidos de viagens passadas, tickets de bagagens, guardanapos de bar com endereços de gente que quer manter correspondência comigo, palitos de fósforo apagados (nunca se sabe).
O motorista se afastou, e eu ainda continuei um pouco vasculhando meus bolsos como se estivesse procurando um escorpião.
Agora, ele está aqui comigo, bem na minha frente, duas ausências de olhos, abismos onde meu olhar despenca numa queda sem fim.
— Ahhhhhhhhhhhhh...

Hoje, ouvi sua voz claramente, como quem ouve um grito. E a voz dizia:
— O que é que você quer?
— Não quero nada, respondi. Quero o que as coisas quiserem.
— Ninguém pode passar sem querer. Está com medo de querer o quê?
— Quero que me deixe em paz.
Disse isso, e mergulhei no silêncio como uma gota virando bolha dentro da água. A noite, a guerra, o mundo, estavam pacificados. Daruma tinha me deixado em paz, como eu tinha pedido.

Eu lhe devia um olho.

Peguei minha melhor caneta, e desenhei um olho num dos dois buracos que iluminavam sua fachada.

Então, nos olhamos, cara a cara, pela primeira vez.

Com um olho, vi que ele ria, sorriso invisível quando era apenas uma cabeça avulsa dizendo:
— Queira, queira, queira.

Me piscou o olho, fez noite e fez dia, e eu vi que era inútil dizer que não.
— Quero uma boa história, sim, acho que eu disse.

El día en que me quieras

I.

Entre os Krause e os Gouveia, as diferenças começaram quando o mais jovem dos Krause (ou foi dos Gouveia?) comprou um aparelho de som.

Desse dia em diante, os Gouveia (ou eram os Krause?) não souberam mais o que era sossego.

Nessa época, minha avó contava, Curitiba, já famosa pela escuridão das suas noites, produzia o melhor silêncio do Brasil. Um pai de família passava anos sem dizer coisa alguma, e ninguém estranhava. Havia professores, muitos deles célebres, que davam, em silêncio, aulas de francês, de latim, de alemão, de polonês, de italiano, de hebraico, de árabe. E, em silêncio, educaram gerações.

Não era de admirar que o aparelho de som comprado pelo jovem Gouveia (ou era Krause?) fosse execrado como uma praga que se abatia sobre aquela rua Duque de Caxias, até então tranquila como um assobio de passarinho distraído.

— Quando a cidade era mais calma.
— O bairro não é mais de respeito.
— Caso de polícia.

Por cima da cerca, fazendo sabão de potassa, Krauses, Gouveias e vizinhas.

Quando o luxuriante xuxuzeiro dos Krause (ou era o dos Gouveia?) começou a secar, alguém, por acaso, associou o evento com as valsas e tangos que explodiam na casa vizinha?

Um mês depois de muito som, o xuxuzeiro estava completamente seco.

Uma semana depois, morria a bisavó dos Gouveia (ou não?), uma senhora quase centenária, dura como couro e surda como uma porta.

Seria um absurdo imaginar que a velha tinha morrido por causa do som. E foi o que eles fizeram.

A gravidade da situação exigia uma medida enérgica.

Os Krause (ou os Gouveia?) se reuniram em assembleia familiar, só os machos de mais de quinze anos.

— Isso não pode continuar.

A mais velha voz ressoou no salão, ecoando entre circunspectos pais de família e adolescentes que pareciam estar com bicho-carpinteiro.

— Procurar as autoridades.
— Invadir e quebrar tudo.
— Poupar as mulheres e crianças.
— Incendiar o casarão.

A mais velha voz:

— Nossa família passou despercebida da penúria para a abundância e agora vocês querem estragar tudo com um escândalo que vai se ouvir léguas daqui, e vai durar mil anos?

Olhou a descendência, e sentenciou:

— Vamos combater com as mesmas armas.

Foi assim que o jovem Krause (quem sabe Gouveia) pegou o trem e desceu a serra em direção a Paranaguá para comprar um aparelho de som.

2.

Mas nem todos os Gouveia (ou eram os Krause?) detestavam o som do vizinho com ódio tão implacável.

A filha mais velha dos Krause, por exemplo, costumava ficar olhando a lua, quando o som começava. Mesmo que não tivesse lua.

A mãe percebeu logo.

— Nem pensar.

Mas ela pensava. Como é que seria uma pessoa que ouvia aquelas coisas, àquelas horas, naquela altura? Como é que ele seria?

— Bem que a avó avisou. A gente não devia ter vindo.

Talvez fosse baixinho, e por isso ouvia o som tão alto, um baixinho bonitinho, como um filho querido. Quem sabe fosse alto, por isso deixava o som naquela altura. Só sei que não podia ser uma pessoa comum aquele que ouvia

el día en que me quieras

como se fosse o dono da rua, o rei da vida e senhor do mundo.

— Essa gente não tem educação.

Como seria? Louro, alto, baixo, moreno, esbelto, gordinho, forte, frágil?

— Espere só o seu irmão voltar.

3.

Em Paranaguá, o irmão mais velho ia na importadora, comprava a máquina e embarcava serra acima, de volta para Curitiba.

— Eles estão com os dias contados.

— Dizem que é agulha inglesa, o som cobre uma quadra.

— Isso não pode continuar.

— Como é que ele será?

— Isso não pode continuar.

— *El día en que me quieras.*

— A gente não devia ter vindo.

— Bem que a avó avisou.

— Combater com as mesmas armas.
— Uma loucura a gente se encontrar assim.
— No trem das sete.
— Alguém pode ver a gente.

Isso não é meu

Ontem à noite, pouco antes de ir deitar, deixei um período incompleto na máquina.
Hoje, ao acordar, voltei ao trabalho, e vi que a frase tinha continuado.
Alguém anda escrevendo nos meus textos.
A frase incompleta que eu tinha deixado dizia:
— Mas tem uma outra coisa absoluta,
e parava em dois-pontos, assim, "mas tem uma outra coisa absoluta:".
Adoro deixar frases com dois-pontos no final, quando vou dormir.
Durmo mais feliz sabendo que deixei uma frase com um problema.
Amanhã, com outra cabeça, a frase tomará seu curso normal em direção a seu glorioso clímax.
Hoje, aconteceu *alguma outra coisa*. A frase caminhou sozinha.
E o que li dizia:
— Mas tem uma outra coisa absoluta: Marion que a ciência ainda não descobriu: Marion éra uma mentirosa.
Marion? Não tem *nenhuma* Marion na minha vida, nem nunca teve.
Além do mais, a continuação da frase discrepava totalmente do espírito do texto, um ensaio que eu chamaria de "Matéria, energia e intenção", onde procurava provar, apenas com palavras, que, além de matéria e energia, o universo parecia conter

um outro ingrediente que, na falta de nome melhor, eu chamava de intenção. Uma dessas coisas, enfim, que faço para não ter que ver as horas passarem.

Claro que eu podia pensar, bebi e fumei demais a noite passada, e acabei escrevendo bobagem. Uma daquelas noites em que o fio da lógica escapa, você se entrega às delicias do arbítrio, escreve o que bem entende, vai dormir orgulhoso, acorda, lê, e morre de vergonha que a luz do dia veja uma frase como aquela.

Podia ter acontecido. Mas essa hipótese tinha muitas coisas contra.

Primeiro, o fato de que eu não tinha bebido nem fumado demais na noite passada. Segundo, o fato de que isso nunca ocorreu antes e, se não ocorreu, é porque *não ocorre*. E, acima de tudo, os erros que a continuação apresentava. Faltava uma vírgula, eu jamais a deixaria faltar, entre Marion e "que a ciência". Havia um acento agudo sobre "era", que estava "éra", coisa que vai contra todos os meus princípios. Mas o que mais me intrigava eram os *duplos dois-pontos*: se fossem autênticos, seria a primeira vez em toda a minha obra que lançava mão desse efeito de gosto tão duvidoso. Dois-pontos, pra mim, sempre foi que nem câncer, infarto ou derrame, uma vez, e boa noite.

Mas era a absoluta falta de talento da continuação da frase que me deixava mais convicto: *isso não é meu*.

Fui lá fora e gritei para a noite: "Isso não e meu, isso não é meu, isso não é meu", até os vizinhos acenderem janelas.

Voltei. E a frase tinha continuado. Agora, não era mais uma mera continuação, um amontoado plebeu de palavras, encabeçado por um mísero vocábulo começando em minúscula. Não. Agora, era uma palavra com maiúscula, demonstrando claramente suas pretensões de inaugurar uma nova frase, um novo período, uma nova vida.

Ótimo. Isso afastava a minha primeira hipótese, a de que algum dos amigos que me frequentam, na maior parte escritores, tivesse me pregado uma peça. Essa hipótese, aliás, eu já tinha rejeitado desde o início, desde que constatei que as palavras da continuação estavam graficamente homogêneas, tinham sido batidas na máquina *com a mesma pressão dos meus dedos*, nem força a mais, nem força a menos, e isso é impossível de acontecer casualmente.

As suspeitas recaíram todas, então, sobre meus criados.

O motorista e o jardineiro, impensável. Eram broncos analfabetos, incapazes de distinguir uma torradeira de um aparelho de barbear.

Restavam os de dentro de casa. Carla? Nemo? Magda, não. Essa tinha por tudo o que eu fazia uma relação de freira com o altar-mor da capela.

Não sei muito, mas sei o suficiente para saber que o suspeito oficial de qualquer delito é a pessoa a quem o delito mais favorece.

Pode ser que Carla tivesse continuado minha frase para me fazer pensar que o culpado fosse Nemo, ela que o odiava tanto que toda a noite eu a ouvia gemer dentro do quarto dele.

Quem sabe Nemo.

Eu ia ter que despedir um deles. Quem sabe os dois. Quem sabe não era boa coisa despedir ninguém. Com a casa vazia, quem ia continuar minhas frases? Eu ia ter que continuá-las sozinho. E isso é pior que viver com uma dúvida.

No final desta frase, vou deixar dois-pontos como quem deixa a meia pendurada no dia de Natal para que Papai Noel ponha um presente dentro dela.

Sabe lá onde essa frase vai parar.

A verdadeira volta de Argemiro, o Grande

— Qualquer coisa de comer.

A gente ficou olhando aquela figura de gente que tinha chegado dizendo ser nosso irmão Argemiro, aquele que a gente esperava pra mais de doze anos, o milionário de São Paulo, aquele que contava nas cartas que ia pro bar de avião e que a gente esperava sempre (eu era um garoto quando ele partiu), esperava que descesse do alto dos céus, cercado de anjos, numa chuva de cheques.

— Qualquer coisa.

Todo mundo se olhou, fingindo que Argemiro estava de volta. Como se a gente não soubesse. Não era daquele jeito que Argemiro ia voltar, no fundo, todo mundo sabia.

Meu irmão Argemiro não era desses que chegam pedindo. Ele já chegava mandando. Da mãe às irmãs, todo mundo obedecia. Tinha sido o melhor artilheiro do time. Era dado a falar bonito. E tinha feito duas crianças entre as moças bonitas do bairro.

Quando o estranho disse ser Argemiro, a mãe mandou minha irmã mais nova chamar as duas filhas para verem o pai de perto, depois de doze anos.

Elas chegaram, quando o estranho começava a tomar a sopa.

Quando elas entraram, ele olhou pra elas. Elas olharam pra ele. E foi tudo.

— Alguma coisa de beber.

Beber, minha mãe era contra. Boa parte da vida tinha passado escondendo garrafas, farejando o bafo dos genros, amaldiçoando os bares e se perguntando por que é que os homens faziam aquilo.

O estranho levantou o rosto. Olhamos, e era um estranho.
Minha mãe chegou, e disse:
— Argemiro, você está muito magro. Coma mais um pouco.
Encheu o prato. Ele sorriu pra velha. E continuou a comer.
A gente nunca tinha visto alguém comer tanto. Ele comeu por uma família, limpou a boca e disse que estava com sono. Levantou. E foi direto para seu quarto. O quarto de Argemiro, agora, era onde dormiam a Leila e a Beatriz, depois que não deu certo o casamento do Élcio com a minha irmã, Roseli.
A gente ouviu o estranho cair na cama. E, depois, mais nada.
Minha mãe foi a primeira a falar.
— Ele não merecia isso.
E continuou sentada, tricotando aquele pulôver que estava sempre tricotando.
Sempre fui meio esquentado, e não ia deixar passar aquilo sem mais nem menos.
— A senhora não vai fazer nada?
— Vou. Vou fazer silêncio pra ele dormir em paz.
— Em paz? Então, a senhora deixa qualquer um vir aqui e dormir em paz, no quarto das suas netas?
— Argemiro não é qualquer um.
— Argemiro? Que Argemiro? Aquilo ali é um vagabundo qualquer que a noite escura jogou aqui dentro de casa.
— A gente nunca sabe de que jeito Argemiro vai voltar. Não é a primeira vez que ele volta.
Desde que eu era pequeno, eu ouvia falar que Argemiro ia voltar de uma vez só. Era a primeira vez que minha mãe me contava aquilo.
— Nem a segunda. Nem vai ser a última.
Procurei um lugar escuro, para conversar melhor com minha confusão.
Argemiro. Eu matei você. Fui eu que te matei. Foi tão fácil, Argemiro. Eu sabia o lugar onde você gostava de nadar. Foi lá

que eu cravei aqueles paus com ponta. Foi lá que você mergulhou. Você saltou. A água ficou vermelha. E você não voltou.

— Argemiro é um bom rapaz. Só tem essa mania. Essa mania de voltar. Voltar sempre. Ele sempre volta.

Voltar é fácil, Argemiro. Eu queria ver você fazer como eu, ficar, ficar, ficar. Eu queria ver você ficar!

Solange tudo bem e seus eletrodomésticos

Quando Solange chegava, o bairro sabia, a quadra sabia, o prédio sabia, vê lá se um gato como eu, Mefisto, seu humilde servidor em troca de colo, carinho e copos de leite, vê lá se não ia saber este pobre gato sem leite desde as três da tarde, quando ela chegava, vê lá se não ia saber, ele, eu, seu humilde servo e senhor de suas atenções noturnas, sem leite desde as três da tarde, malditas três horas quando minhas oito lambidas, todo o leite que Solange deixou no meu prato quando, vê lá.

Aqui dentro está quente, perfumado, e ela está abrindo a porta, muito tempo abrindo as várias fechaduras da porta, morrendo o eco do seu carro estacionando na garagem, Solange chegando, uma risada alta, o ar fervilhando, Solange chegando, a vida voltando.

Uma, duas, muitas, as três fechaduras deste apartamento, o prédio sabia, a quadra sabia, janelas se acendem lá atrás, os cachorros latem estupidamente, o coração de tudo voltou a bater, só um gato mesmo pra suportar certas coisas.

— Clic!, disse a porta, e eis aí Solange, bem menos bêbada que sábado passado, mas, pelo olhar gelado, mais longe de alguém, de todo mundo, de ninguém.

É aí que eu entro.

Sei o que é que os cachorros do bairro vão dizer, "Mefisto é um sem-vergonha, aguenta qualquer coisa em troca de colo e comida, a gente precisa dar um pau nesse cara, vamos ver se a dona Solange continua gostando dele depois que a gente chupar cada gota do seu sangue com canudinho. Um descalabro que tantos cachorros de respeito, pais de família, trabalhadores, andem por aí fuçando latas de lixo em busca de um osso de sopa, enquanto um gato inútil como aquele fica lá no bem-bom, bebendo leite morno e fuçando nos peitos de jasmim de dona Solange".

Sei até o que os gatos andam dizendo, "Mefisto não é mais aquele, corre de qualquer cachorro, sorte dele, que ele é um gato, senão, também com aquela mulher, miau", devem estar gritando em coro.

Tudo isso empalidece diante do fato de que Solange está entrando, fechou a porta, uma, duas, três, quatro, toc-toc na madeira para dar sorte, várias vezes, como sempre, como agora, como eu adoro quando ela me pega assim, me levanta assim, enfia a cara em minha cara, esfrega o nariz no meu nariz, desaba no sofá, atira os sapatos lá longe, e me esmaga no meio das suas pernas, morrer pode ser até que não seja uma má ideia, morrer assim, afinal, éter, não é assim que morre uma gota de óleo perfumado que pingou na areia?

Mas eu sabia, pelo cheiro, que a tempestade estava pra chegar. Solange levanta, vai até o aparelho de som, aperta um botão e deflagra a guerra total, um clássico qualquer, um piano tentando conversar com um bando de violinos, o impossível diálogo entre violinos e pianos, alto, mais alto, assassinato em primeiro grau. Agora, é a vez da televisão, um senador, gordo como um sapo, finge discutir com um repórter que sorri como uma máquina de sorrir fazendo perguntas com palavras que gatos decentes como eu fazem questão de não compreender.

Solange tira o som, e só deixa a imagem. Vai até a cozinha, despeja rum e dois ovos no liquidificador, põe no máximo, e se retira.

Esperem, ela esqueceu alguma coisa. Para. Olha. Medita. Pondera. E liberta o aspirador de pó, o último instrumento que faltava na sinfonia de todas as noites.

Como sempre, a tempestade só dura alguns minutos. Logo, alguém está gritando, luzes se acendendo, gritos ecoando pelos corredores, Solange resiste com uma artilharia de vá-à--merda e a-puta-que-o-pariu, que se tendem a levar as coisas a um grau de exasperação, onde o comportamento racional não seja mais possível.

Obtido esse estado, Solange relaxa, e, entre gritos e vozes,
— Parar com essa zona aí!
— Eu quero dormir!
— Vou chamar a polícia!
ela me pega no colo, me levanta no ar, e diz:
— Sabe o que foi que ele me disse?

Esse ele já mudou tantas vezes (Jaime passou para Olavo, que tabelou com Edson, que atirou na grande área, Amaro bloqueia, Guilherme vem para lhe dar combate, mas o chute rola tranquilo para as mãos de Djalma), tantas vezes que eu já nem sei, todos são meus rivais, mas quem dorme no colo de Solange, adivinhem quem é?

Não é esse, por exemplo, que está batendo na porta. É o porteiro, eu reconheço pela voz. Olho para a cara de Solange com o canto de baixo do meu olho esquerdo. Perfeito. Não era o que você queria?

— Dona Solange!, dona Solange, o pessoal está reclamando!

Solange senta no sofá, me põe de lado, eu vou para meu canto, uma almofada à minha esquerda, o prato de leite à direita.

Solange abre a porta, "o que é que foi dessa vez?".

O porteiro, retrato do homem de cor quando jovem, pondera, "o pessoal está reclamando, a senhora sabe", "por favor, sente-se, quer tomar alguma coisa, a noite está fria, está garoando lá fora", ela desliga a televisão, "o pessoal aqui dorme cedo, cala a boca, Rachmaninoff, nada pessoal, aceita um rum com ovos?", "sempre gostei dessa sala, a senhora tem gosto, acho que o gato já bebeu todo o leite, tem leite na geladeira?".

Tem. Claro que tem, seu imbecil. Acha que eu ia ficar numa casa onde não tem leite na geladeira? Isso, pega meu leite, despeje aqui, isso, assim, aí, chega!, é leite demais, eu não aguento.

Solange vem lá de dentro, banhas bonitas no penhoar cor-de-rosa.

— O que é que você tem feito, moreno?

Conversa vai, conversa vem, vão lá pro quarto e desabam na cama, se agarrando como dois inimigos.

Quando Solange chegava, o bairro sabia, a quadra sabia, o prédio sabia.

Só Solange não sabia.

Céu embaixo

17.

Janela, escancaradas janelas do décimo sétimo andar, aqui vou eu, aqui vai toda essa minha nossa estúpida vontade de apagar a luz, única maneira decente de apagar a dor.

16.

Décimo sexto andar. Até aqui, tudo bem. A temperatura está a dezessete graus, o céu azul, e a lei da gravidade continua funcionando com o costumeiro rigor. Quem partiu, tem que chegar.

15.

Ao passar pelo décimo quinto andar, já não acho mais que quem partiu tem que. Está provado que é possível, em certos casos, partir sem chegar a. Nesses casos, se diz, houve empate. Eu não jogava pelo empate. Jogava pelo escândalo, vitória ou derrota. Foi vitória? Derrota? Tem gente que prefere abrir o gás. Tem quem se dedique à pesca submarina. Em nenhum desses casos, o fim é algo de último, a meta não é definitiva. Qual era o jogo dela? Fosse qual fosse, amigos, amigos, jogos à parte.

14.

Só quem já caiu de um décimo quarto andar pode imaginar o que senti quando. Quando foi mesmo? Será que foi? Ou foi um peso que tirei de cima de mim? Peso por peso, prefiro o meu, que, pelo menos, me leva para algum lugar.

13.

Pronto. Treze é meu número de azar favorito. Tenho outros números de azar. Um, dois, três, quatro, cinco, seis, sete, por exemplo, essas coisas, enfim, que atravessam as réguas de cálculo. De todos, treze é o meu favorito predileto. Que foi que fiz para merecer cair até o décimo terceiro andar, donde se descortina um relance do Atlântico? Quem sabe eu não devia ter, vocês sabem. Vai ver, aquela nuvem lá longe não passa de eco de um pensamento meu. A raiva é sábia.

12.

Alguma coisa não para de me dizer, não devia ter vindo. Eu sabia que a comida era péssima, o atendimento sempre ficava a desejar. Mas, depois de vindo, como desvir? O décimo segundo é sempre o mais filosófico. Aquele onde o ato de pensar fica mais ridiculamente genérico. Cair não é genérico. Cair é a coisa mais natural do mundo. Cair é lógico. Podem perguntar para qualquer pedra do planeta Terra.

11.

O décimo primeiro andar é sempre um caso à parte. Talvez melhor dissessem *um caos à parte*. Mas isto não seria correto. O correto consiste em dizer: o décimo terceiro andar, donde se descortina um relance do Atlântico, sim, o mais correto, é deixar cair.

10.

Não sei como suporto esta situação. É absolutamente ridículo. Só porque alguém saltou do décimo sétimo andar de um edifício não quer dizer necessariamente que tenha que chegar até um, digamos, décimo andar. O décimo andar, em casos de queda, é objeto e motivo de lendas e chacotas entre muitos povos primitivos que, absorvidos por outros afazeres mais prementes, deixaram-nas cair no esquecimento, onde jazem até hoje. Mas jazem muito bem. As lendas sobre o décimo andar, ainda vai haver quem as conte. Palavra de honra.

9.

Que frio. Bem que minha mãe falou, "leva um casaco". Sempre assim. A cabeça não pensa, o corpo é que sofre. O que eu queria mesmo era ficar para sempre no décimo segundo andar.

8.

Ela, ela mora no décimo segundo andar. Ao passar, quase dei um alô. Ela não entenderia. Telefonaria para a mãe. Fritaria um ovo. No máximo, olharia para baixo. Ou para cima, para ver de onde eu tinha vindo.

7.

Parece mentira mas cheguei ao sétimo andar. A que ponto chegamos! Nessa velocidade, a lembrança do décimo segundo andar parece apenas uma lembrança. A física ensina que os corpos têm sua queda acelerada à medida que se aproximam do destino. Não vejo por que deveria ser diferente comigo. A lei da gravidade é a mais democrática de todas. Rege, com idêntico rigor, gregos e troianos, joias e paralelepípedos, impérios e pétalas de magnólia. Sete é conta de mentiroso. Ela me mentiu. Nada mais fácil que mentir que se ama alguém. Basta dizer: eu te amo. Quem vai saber? Como medir? Como provar? As palavras também estão sujeitas à lei da gravidade?

6.

No sexto, fica a administração. É o andar mais frio e mais distante. É onde se tramam as grandes negociações, onde ficam os cofres com os segredos indecifráveis. Chegar ao sexto andar é a ambição de todo corpo que cai. Os que não. A poucos é dada essa proeza. Os que fracassam, fatalmente, continuarão caindo até o quinto, onde ficam os infernos.

5.

Do antigo inferno, o moderno só traz o nome.
Na verdade, o inferno de hoje, no quinto andar, é um dos andares mais agradáveis do edifício, dispondo de amplas instalações, sala, cozinha, banheiro, área de serviço e quarto de empregada. Os banheiros são revestidos de material à prova de fogo, precaução inútil já que neste prédio raramente ocorre algum incêndio de proporções catastróficas. Da janela do quinto andar, avista-se o letreiro que diz, PROIBIDO CAIR.

4.

Ninguém nunca soube para que servia o quarto andar. Sempre se imaginou que era uma espécie de depósito onde se guardavam as coisas que não serviam mais para os andares de cima, garrafas vazias, móveis usados, lâmpadas queimadas, livros já lidos, óculos quebrados, espelhos, diários, relógios.

3.

Deus queira que esta saudade do décimo segundo permaneça acesa durante todo este andar, durante o frio, o vento, a angústia, a raiva e a força maior deste poder que me chama.

2.

Não há muito a dizer, nunca há. Meia dúzia de palavras resolvem problemas de mil anos atrás. Fomos nos dizendo cada vez menos. Dizer sempre é uma outra coisa.

1.

O chão é duro.

O filho dele

Hoje, ele saiu para fazer o que tem que ser feito, o que já devia ter sido feito desde o início, hoje, enfim, vai ser feito. É uma questão de horas, de minutos, quem sabe já foi feito. Neste exato momento, pode já ter acontecido o que tinha que acontecer, aquilo que tem que ser, não existe coisa que seja mais necessária. Até agora, tudo estava errado. Tudo estava torto, fora de lugar, com o nome trocado. Ora, o lugar estava certo, a hora estava errada. Quando a hora estava perfeita, o lugar não era aquele. Hoje, enfim, tudo coincide.

Isso de hora e de lugar é coisa delicada. Pouca gente sabe fazer os dois combinarem. Eu, por exemplo, devia ter matado o pai dele há muito mais tempo. Podia ter matado quando a gente se conheceu, ele, aquele sorrisinho pendurado que nem um cigarro naquela boca que, Deus me perdoe!, um dia, eu beijei. Por que não matei? Não é fácil para uma mulher matar um homem, ainda mais um macho daqueles. Os homens são fortes, cheios de músculos, cheiram a álcool, ficam brabos muito fácil, não é fácil ferir um homem. Eles batem forte, estão preparados para enfrentar outros homens, gente forte como eles. Uma mulher tem pouca chance. Que chance eu tinha quando eu segurava o olhar do pai dele, um olhar viciado em toda a canalhice e toda a patifaria de que só os homens são capazes? Aquilo era o inferno. Mas, naquele momento, só o inferno me interessava. Inferno por inferno, pior o inferno que eu tinha em casa, aquele inferno manso, cheio de frases fáceis, gestos previstos e noites intermináveis.

Aquilo era real, uma coisa para tocar com a mão, um cavalo, um poste, uma faca. Foi o que me perdeu, aquele desejo de trocar tudo o que me faltava por alguma coisa incerta. Eu, tão insignificante, que até aquele horror valia, aquilo era significado.

Com o pai dele, vivi a vertigem, a maravilha e o horror, preço do significado.

Tudo aconteceu como eu sabia que ia acontecer, como minha mãe tinha dito que ia acontecer, como minhas amigas me preveniram, como era a certeza absoluta que eu sempre tive que aquilo ia acabar, que ele ia me bater, eu ia perdoar, ele ia embora, e ia voltar, eu ia perdoar, ele ia perguntar o que é que eu tinha, e eu ia dizer, como sempre, "nada".

O que ele nunca sabia nem saberia, o estúpido, o quadrúpede, é que para ele nunca ia haver perdão. Jamais haveria perdão por ele ter sido o primeiro homem em minha vida. Jamais perdão pelas horas que esperei por ele, temendo o pior. E jamais o perdoarei por ter mantido tão escuras tantas coisas suas, seu passado, suas outras mulheres, lugares por onde andou, o que pretendia da vida, o que achava de mim.

Ódio? Amor? Quem sabe? O que a vida me deu era aquilo. Aquilo, aquilo, aquilo, sim, só aquilo tudo fazia sentido. Hoje, sei. Só o horror faz sentido. O horror de desconfiar, o horror de ter certeza que estava grávida, o horror de ficar feliz com tamanha monstruosidade, o horror de saber que ele ia continuar. Que eu ia pôr no mundo um seu igual. Que ele não ia acabar nem com sua morte. Que eu, que queria a sua morte, dava meu corpo para que ele e tudo aquilo que ele era continuassem. Ele era maior que eu. Ele era mais, ele ia mais longe, ele ia me fazer sofrer por todos os séculos dos séculos.

Eu tinha certeza que era menino. Era menino. Eu o criei como quem cultiva um desespero. Ele ficou comigo, quando o pai dele me faltava, me mentia, me tratava como se eu fosse quase nada. Tinha que ficar. Ele precisava de mim para mamar, para dormir com fraldas secas, para comer papinha, para ganhar colo quando chorava, para ouvir as histórias que eu contava, quando ele não conseguia dormir por causa do trovão.

Então, eu contava para ele uma história, que ele gostava muito, era uma vez o filho de um grande rei, era uma vez uma pobre escrava que morava na floresta, era uma vez uma pobre escrava que morava na floresta e se casou com um lenhador que batia muito nela. Um dia, o grande rei cavalgava pela floresta e encontrou a pobre escrava e lhe disse:

— Que fazes aqui nestes remotos recantos, nobre princesa?

— Meu senhor, longe estou de ser princesa. Não passo de uma pobre escrava, mulher de um lenhador.

O rei apeou do cavalo e se aproximou da escrava.

— Em verdade vos digo, não há muitas princesas mais belas do que vós.

Assim dizendo, o rei beijou a escrava, fizeram amor e, nove meses depois, a escrava dava à luz um menino forte, forte como um rei.

Essa era a história que ele mais gostava. Não sei dizer se gostava por conta própria. Ou gostava porque eu gostava. Ao contrário do pai, ele fazia tudo para me agradar. Gostava de comer o que eu comia. Gostava de laranja, não gostava de mamão. Gostava de pudim, não gostava de carne gorda.

Eu trabalhava numa fábrica de tintas perto do lugar onde a gente morava.

Era uma fábrica grande, devia ter pra mais de cinquenta operários.

O dono era uma pessoa jovem, seu Aécio, um tipo alinhado, pontual como um relógio, mas muito simpático com todo mundo. Gostei dele de cara. Todo mundo gostava dele, principalmente as mulheres. Mas ele chegava e saía no seu carro com chofer. A gente voltava pra casa, pensando em nossos assuntos.

Meu assunto era meu filho, que ficava com minha irmã quando eu ia trabalhar.

Eu voltava, e ia conversar com ele, contar história, as histórias que ele gostava.

Ele já era meio grande quando, um dia, eu disse:

— Teu pai não é teu pai.

Ele ficou pálido como esta folha de papel.

Então, eu disse:

— Você é filho do seu Aécio, o dono lá da fábrica. A gente ia casar. Mas ele era rico, eu era pobre. Então, ele pagou ao teu pai para casar comigo.

E comecei a contar a ele todo o sofrimento que o pai dele tinha me dado, as surras, os desprezos, as humilhações, os abandonos.

O pai dele, agora, era aquela figura miserável que perambulava pelos bares da vizinhança, pedindo dinheiro emprestado, jogando bilhar, apanhando em brigas de fim de noite, voltando para casa sangrando e me batendo antes de dormir.

Um dia, peguei coragem, aquela coragem que demorava quase dezenove anos, e disse:

— Você não é filho dele. Você vai matar ele pra mim.

Meu filho abriu a boca, sentou na cadeira, ficou um tempo calado, acendeu um cigarro e respondeu:

— Por você, faço qualquer coisa.

Ele foi lá dentro, mexeu numas gavetas, voltou e saiu.

Fechou a porta, o portão, ouvi seus passos se afastando, e me preparei para uma noite bem comprida.

Não consigo dormir enquanto esse menino não chega.

Elas

Às vezes, parecia que estavam em toda a parte. Um dia, encontrei uma dentro da gaveta do armário da cozinha, enrolada como um S.

Assim que o trem passava, elas apareciam.

Meia hora depois que o trem atravessava o túnel, você começava a ver a primeira, rastejando no chão do quintal, perto do poço, ao pé das cercas, dezenas, centenas delas.

Ao passar pelo túnel que atravessava o morro, o trem as acordava, e elas vinham atrás das luzes das casas, onde choviam mosquitos, besouros, mariposas e muitos outros insetos que a gente não sabia o nome porque nunca tinha visto.

A mesa do banquete estava posta, e todas elas vinham para jantar.

Tinha de todos os tipos e tamanhos, umas lentas e poderosas, outras rápidas, quase invisíveis de tanta velocidade.

Medo? Não, medo a gente não tinha, propriamente.

Mas, por medida de precaução, minha mãe e as outras mães começavam a fechar as portas, empurrando para fora com a vassoura as que já tinham entrado e se aninhavam na lenha ao lado do fogão, subiam pelas pernas da mesa ou já se insinuavam entre os pratos sujos da janta, abocanhando um mosquito aqui, um besouro ali.

A gente quase não falava sobre elas, aquilo não era assunto.

Nas conversas depois do jantar, às vezes alguém levantava e apontava: tem uma ali. Ia-se lá com uma vassoura ou um pau de lenha, elas se enrolavam e a gente as atirava pela janela, lá no meio do quintal, entre as outras.

Nunca fizeram mal a ninguém. Um dia, um tio meu amanheceu morto, com o corpo todo roxo. A gente chegou a pensar que tinha sido picado por elas durante a noite. Mas meu pai, que entendia dessas coisas, disse que era indigestão ele comer manga com cachaça.

Tinha umas que a gente tinha botado nome e apelido.

Uma que eu me lembro até hoje, a Teresinha do Menino Jesus.

— Por que Teresinha?

— Tem cara de Teresinha.

E a gente ria sempre dessa graça.

Certas noites, tinha surpresas.

— Aquela ali é nova.

A gente conhecia todas.

Um dia, eu perguntei pro meu pai, depois da janta.

— Desde quando que é assim?

— Foi sempre assim — ele dizia.

De repente, alguém bocejava, dava boa-noite e ia dormir.

E assim iam todos dormir, até que sobravam só nós dois, minha mãe e eu.

A gente nunca falava do que realmente importava, a gente ficava dando voltas, rondando o assunto, esperando sempre estar dizendo tudo com o mínimo de palavras.

Mas as nossas palavras eram tão pobres quanto nós. E a gente ficava rodando, sem sair do lugar, até que o sono fechava os olhos da minha mãe, e eu ia deitar.

Tinha noites que eu não conseguia dormir.

E ficava lá deitado no escuro, sabendo que elas estavam lá fora, se arrastando, se cruzando, se entrelaçando, cheias de mosquitos, besouros e mariposas. Elas não faziam barulho. E quando elas chegavam os grilos ficavam quietos e os pernilongos desapareciam.

Havia uma hora em que elas começavam a ir embora, fartas de luz e de insetos.

Noite alta, alguém acordava para mijar, abria a janela e lá estava a última, ainda lutando para engolir um escaravelho dos grandes, balançando suas seis pernas eriçadas de lâminas e espinhos. Uma hora, ela conseguia, e começava a se afastar lentamente para dentro do mato além das cercas.

Devagar, os grilos voltavam a praticar sua música medíocre.

E sobre o sono de todos nós começava a cair uma solidão do tamanho de uma noite, aquela noite que anoiteceu naquele tempo, e nunca mais deixou de anoitecer.

Um dia, não sei se por causa delas, nem sei quando, o pessoal começou a ir embora de lá.

Primeiro, foi nosso vizinho que vendeu tudo o que tinha e partiu com a família inteira. Depois, os parentes do lado de meu pai. Minha mãe morreu. Eu e meus irmãos viemos, com o pai, para a cidade.

Elas devem estar lá, naquele lugar, dentro das casas, botando seus ovos nas panelas, nas gavetas, se multiplicando dentro dos fogões apagados, elas, as donas de tudo.

Vida de cão e outras vidas

Nas noites de frio, os cachorros latem. Latem porque a noite dói no coração do mundo. Latem para esquentar o nariz. Latem porque quem late seus males espanta. Latem em grego, em cachorrês, em latim. Latem porque a lua, alguém tem que fazer alguma coisa com a lua, aquela coisa imensa, redonda, aquela coisa branca enorme donde vem todo o frio que faz a madeira das casas estalar, mal-assombradas. Então os cachorros latem mais.

E, depois, latir, comer e coçar, é só começar. Você começa a latir por algum motivo. Depois, não precisa mais motivo. E você late, late, late, até ficar rouco. Há casos de cachorros que enlouqueceram de tanto latir. Latir tem começo, mas não tem fim. Há casos de cachorros ótimos que latiram tanto, tanto, mas tanto, até sair sangue da garganta, latiram a noite inteira até a última gota de sangue, latiram até morrer como cantam as cigarras. Nada como um cachorro latindo para acordar todos os cachorros da vizinhança, do bairro, da cidade, os latidos em ondas se espraiando de bairro para bairro, os últimos latidos indo morrer lá nos confins da aurora em Colombo, São José dos Pinhais ou Santa Felicidade. Latir é de graça, como o ar agudo que se respira nas noites de inverno, como a lua que se veste da nuvem que bem entende, como falar sozinho. Latir não dá lucro. Ninguém late para anunciar, cachorro alto, moreno, bonito e sensual procura cadela idem para fazer uma noite de amor e uma ninhada de cachorrinhos. Ninguém late para fechar negócios, procura-se um osso com bastante carne, oferece-se uma lambida para quem fornecer uma pista. Late-se porque não há outro jeito. Latindo ou não latindo esta será sempre uma vida de cachorro. Pelo sim, pelo não, melhor latir. Quem late, não tem intenções artísticas. Não se late como quem canta. Um cachorro que latisse como quem entoa a ária "Vita di cane" da ópera *Totó* seria imediatamente vaiado por latidos de outros bairros. Cachorros latem todos iguais. Tão igual que nem se pode dizer, a rigor, que este ou aquele cachorro late. A noite late. Late-se e pronto. Um latido na noite é uma coisa universal, genérica, abstrata como um teorema, au mais au igual a au-au.

Late-se a noite inteira porque, de dia, só se late para defender o osso de cada dia, late-se contra, late-se para criar distâncias, late-se contra o carteiro, contra a visita, contra o rival no amor da cadela ou na fome da paixão pela carne. Late-se para defender a casa, essa extensão natural da lata de lixo. Ao anoitecer, estamos exaustos de tanto latir, latir em vários idiomas, em raiva, em ódio, em fome, em medo. Então, dormimos. E sonhamos. Com uma linda cadela de rabo abanando, e as partes trescalando aromas como um fim de churrascada? Nada disso. Sonhamos que estamos latindo. Latindo de graça. Latindo pra nada. Latindo pela paixão ancestral de latir. Latir nas florestas primordiais, úmidas de ecos, olhos e grandes batalhas noturnas entre todas as ferocidades. Latir pelo prazer de estilhaçar o silêncio em mil caquinhos de latidos, nas planícies geladas açoitadas pelo vento, as planícies distantes, perdidas na memória obscura de todos os cachorros. E, nesse sonho, latimos tanto que acordamos, a lua já alta, a noite fria, o nariz ardente, azul como as estrelas mais doloridas. Chegou a hora. É sexta-feira 13, agosto, mês de cachorro louco, noite perfeita para latir, latir loucamente, latir como antigamente, como quando a gente vagava em bando pelas florestas, farejando carne, carne viva, sangue pulsando nos buracos das delícias, latir com a boca escorrendo sangue doce, latir dizendo sim, sim, é assim, e assim é bom. É por isso que os cachorros latem. Afinal, os cachorros latem por qualquer coisa. E os latidos penetram no sonho das crianças que sonham que os cachorros estão atacando, a casa está cercada de cachorros, muitos cachorros em volta da cama. E as crianças choram no meio da noite, e acordam os cachorros. Um cachorro, quando acorda, a primeira coisa que faz é latir. Latir para limpar a garganta. Latir para dizer, "Jesus Cristo, eu estou aqui". Latir é a coisa mais simples do mundo. É só abrir a boca, e deixar o coração falar, e lá estão os corações latindo tudo o que um cachorro sente.

Desde a época do lobo, as melhores inteligências caninas têm se dedicado a investigar por que os cachorros latem na madrugada. É sobre isso que muitos cachorros estão pensando quando sentam nas patas de trás, ou se deitam ao sol para pegar um calorzinho. Sobretudo, é o último tema de meditação dos cachorros velhos, quando sentem a morte se aproximando, pé ante pé como um gato.

Mas, apesar desses esforços de incontáveis gerações de cachorros, nenhum buldogue, pastor-alemão, dobermann, pequinês, dálmata, poodle ou vira-lata conseguiu ir além do óbvio, que a gente é cachorro mas não é burro, e o óbvio, sempre, é o lugar mais quentinho, mais abrigado da chuva e do vento.

Os cachorros latem porque um outro cachorro latiu.

Me escondendo e outros brinquedos

Naqueles tempos pré-históricos, assim como samba não se aprende no colégio, brinquedo não se comprava na loja. Loja? Que loja? A venda mais próxima ficava a duas horas de caminhada, por uma estrada de pó, debaixo de um sol que doía feito iodo no machucado.

Naquele mundo de meninos, brinquedo mesmo, pra ter graça, tinha que ter alguma coisa de arma, cetra, bodoque, lanças, arcos, flechas, o cacete. Eu pertencia a uma tribo muito sanguinária. Em quatro ou cinco, fomos responsáveis por verdadeiras carnificinas de sabiás, rolas, bem-te-vis, juritis, sanhaços, tuques, gaviões, periquitos. Isso sem falar nas pacas, cotias, lagartos e cobras de todos os estilos. Às vezes, de raiva, a gente matava um sapo. Um de nós, uma vez, levou uma tarde inteira para matar um urubu, que pousou com algum problema na asa direita.

— Confesse, ele dizia disparando com o estilingue uma pedra à queima-roupa na cabeça ensanguentada da ave carniceira. Ele queria que ela confessasse o segredo do voo sem aparelhos, um problema que nos preocupava muito àquela época.

Ela não confessou, e preferiu morrer em silêncio antes de trair o segredo das aves.

Quanto mais bonito o bicho, mais a gente tinha vontade de matá-lo, apagar aquela beleza, glória na tarde, glória a nós, quando voltávamos, sangrentos e sublimes para casa, aquele lugar menor, que só servia mesmo para a gente jantar, dormir e sonhar novas ferocidades.

Não matávamos para comer. Matávamos para afirmar a vida. A vida dos guerreiros, que diz sim tirando a vida dos outros, dizendo não à vontade de Deus que, como as mulheres, quer a vida.

Nós e os bichos, a gente se entendia.

Matar, para nós, não era uma brincadeira. Era nossa profissão.

Das brincadeiras que a gente gostava mais era brincar de esconder. Um sujeito ficava contando até 31, e nesse intervalo, a gente corria se esconder atrás da primeira pedra. Era uma brincadeira para brincar de noite e, como não corria sangue, a gente deixava até meninas participarem. Nesses casos, a graça estava em se esconder junto com uma delas, ficar ali, no escuro, dois corações trovejando e relampagueando, um casal de andorinhas ouvindo os passos do caçador se aproximando.

Numa dessas noites de esconde-esconde e 31, decidi que, desta vez, não iam me achar. Corri o mais longe que pude, atrás de um monte de tábuas de madeira verde, empilhadas para secar. Logo me vi dentro de um labirinto, e zigue-zague, fui me afastando, ouvindo, cada vez mais longe, as vozes do perseguidor encontrando suas vítimas, os gritinhos das meninas, a caixinha de música dos grilos.

Depois de muito andar, subi num toco, e vi lá longe as luzes das casas piscando, como se a gente ainda tivesse alguma coisa entre nós.

Dei as costas, e continuei andando.

Quem sabe um dia eu volte pra acabar essa brincadeira.

Meu caso inexplicável

— Nada explica *nada*, está me ouvindo? Apenas, umas coisas vêm atrás das outras, que vêm atrás das outras, atrás das outras, só vêm...
Sabia que ela andava mal, mas não imaginei que chegasse a esse ponto.
— Não estou tentando explicar nada, eu falei.
— Não explique, pelo amor de Deus, NÃO EXPLIQUE!
E me ameaçou com uma mão cheia de unhas cor de sangue.
— Eu vou ficar louca.
E esbravejou de acordar cachorros a duas quadras:
— POSSO?
Por desgraça, eu tinha esquecido na casa de minha mãe meu Manual dos amantes em perigo. Tenho certeza que, no capítulo VII, tem alguma coisa a respeito do tratamento de mulheres quando chegam nesse ponto.
Resolvi *fazer* alguma coisa, já que explicar estava fora de cogitação.
Levantei.
— Um dia e meio que você não come. Vou preparar alguma coisa.
— A grande babá! Pensa que pode resolver qualquer coisa dando de mamar. Eu não quero comer. Eu não quero voltar à razão. Desta vez, eu vou até o fim. Nem que seja a última coisa que eu faça.
Estava na hora de botar para ferver a água do macarrão. Ela tinha que comer alguma coisa.

Enquanto a água fervia, fiz tudo que estava ao meu alcance. Tentei explicar que a culpa não era só minha. Não fui feliz. Nem era a noite perfeita para dar explicações. Tentei deixar as coisas claras. Ela levantou, foi até a janela, abriu as janelas, e a noite entrou dentro do quarto.

Tem uma hora que a gente se enche o saco.

— Olha, quer saber de uma coisa?

E desisti:

— Ah, vá encher o saco de outro.

Não era bem o que eu queria dizer, sabe Deus o que é que eu devia ter dito.

— Vou ver a água, falei, me levantando.

É sempre assim, ela falou. Cada vez que a gente vai falar de alguma coisa, você sempre tem alguma coisa pra fazer.

— Vai, vai ver a tua água, ela disse. Eu não significo mais nada pra você.

Levantei, coei o macarrão, pus o molho e servi. Ela pegou o prato, me jogou na cara, e sorriu, rosnando:

— Você não me conhece.

Veio para cima de mim, me arranhou, eu me defendi, me arrancou um chumaço de cabelo, rolamos no tapete, eu arranquei sua blusa, enquanto ela me estraçalhava a camisa, e quase me tirava um pedaço do lábio.

— Meu amor, ela ainda teve forças para dizer, quando eu mergulhava dentro dela.

Quando a gente voltou, o quarto estava igualzinho. As mesmas fotos. As mesmas coisas fora do lugar. As mesmas falhas na dentadura. As mesmas contas a pagar.

Daí, ela levantou e foi embora mesmo.

E foi aí que eu descobri que, realmente, *nada* explica nada. Apenas umas coisas vêm atrás de outras que vêm atrás de outras, atrás de outras, pois, afinal de contas, todas as coisas vêm.

Love Is a Many Splendored Thing

Ela ia me deixar. Um dia, ela ia me deixar. A gente ia sofrer, a gente ia chorar. Mas ela ia me deixar. Ia me deixar sozinho, no escuro, pra eu me acostumar. Ia me deixar assim, não tem nada pra explicar. Tudo já foi dito, tudo já foi vivido, o nosso amor já passou.
— Não dá mais pra continuar.
Um belo dia, eu ia acordar, e ela não ia estar mais ali. Ia estar muito longe, em outra cidade, outro mundo, outra dimensão, como uma alma do além.

E eu ia acordar pensando nela, tomar água pensando nela, mijar pensando nela, tomar café preto pensando nela, ligar o carro pensando nela, e escorrer pelas ruas pensando nela, como uma máquina de pensar nela.

E nada mais teria sentido, a não ser pensar nela, passar de novo o filme das coisas passadas, as palavras e coisas que ela deixou espalhadas pela minha vida, ecos, e das coisas saindo ecos de coisas.
— Você fica com o telefone. Eu vou vender a casa da praia. Depois a gente acerta a diferença.
Desta vez, eu sabia. Ela ia.
— Quero que você saiba que não sou eu quem está deixando você. Você já me deixou faz tempo.
— De novo com essa conversa?
— É a última vez. Vou deixar você em paz.
Paz? Quem disse pra ela que eu quero paz? Eu quero guerra. Eu vou dizer tudo que venho carregando atravessado na garganta todos esses anos. Quem eu acho que você, realmente, é.

— E o que é que eu sou?
— Se eu disser, faz alguma diferença?
— Vamos lá, desembucha. O que é que eu sou, realmente?
O que é que ela era, realmente? Passei por um monte de frases e palavras, mas não tive ânimo para me decidir por nenhuma. Não havia nada sobre ela que eu já não tivesse dito. Havia as frases que eu sempre dizia cada um dos milhares de vezes que ela tinha dito que ia me deixar. Ninguém mais acreditava nessas frases. Eram frases cansadas, pálidas, tão fracas que nem conseguiam mais sair da boca.
— Você vai se arrepender.
— Isso é problema meu.
Não era por aí. Eu já tinha ouvido essa mesma conversa mil vezes. Era quando a gente começava a discutir o que era meu e o que era teu, coisa que nunca ficou muito clara entre nós.
— Escuta aqui, eu falei. Você não está exagerando?
— Estou. Estou sim. O exagero é meu, eu exagero quanto eu quiser. Você não vai mais mandar nos meus exageros.
Opa, temos coisa nova. Essa frase ainda não tinha sido dita. Você não vai mais mandar nos meus exageros. Tive que reconhecer, uma frase e tanto para quem já tinha produzido obras-primas:
— Prefiro sofrer sozinha.
— Só tenho um problema, é você.
— Qualquer coisa é melhor que isso.
Não sei por que pensei nas vezes em que eu disse que ia embora. Ela nunca acreditou. Nós nunca acreditamos. Até que acontece. Acontece é modo de dizer. Será que acontece mesmo? Será que alguma coisa acontece? Ou tudo já aconteceu?

O último voo

I.

— Vou voar.

Filhas, filhos, netos, olhamos para vovó, levando à cabeça dezenas de mãos estarrecidas, os bisnetos de colo começaram a chorar, caiu um prato na cozinha, o relógio da sala deu as horas, o vento bateu nas cortinas de organdi, e o silêncio quebrou em mil pedacinhos quando vovó fixou a data.

— Este domingo.

Em seu colo, o jornal aberto anunciava o Voo das Velhas Águias, ponto mais alto do Festival de Primavera promovido pela cidade, um encontro de velhos aviões e pilotos da mesma idade.

— Mas, vovó, e a pressão?

Ela fechou o jornal, levantou da cadeira como pôde e foi para dentro, deixando na sala uma descendência em polvorosa.

— Alguém tem que fazer alguma coisa.

— Loucura.

— Quem deixou ela pegar o jornal?

— Agora é que são elas.

Como o neto mais querido, fui até o quarto onde já sabia o que vovó estaria fazendo. Folheando o álbum de recordações, dos tempos em que foi a primeira mulher da cidade a ter brevê de piloto, logo depois da Primeira Grande Guerra. Deu notícia no jornal, até no Rio de Janeiro. Vovó moça, linda, de uniforme de aviador, macacão, luvas, óculos na testa, sorrindo encostada na paleozoica carcaça de um Piper Cartier 93, um

daqueles aviões franceses que mais pareciam uma gaiola com um passarinho no volante.
— Palavra final, vovó?
— E eu sou lá de brincar?

Voltou para o álbum, num mergulho rasante para trás, 1945, 1937, 1929, 1924, o ano do célebre voo que pôs a mulher brasileira no ar.

Não houve argumento, súplica, ameaça velada, que a demovesse do propósito estapafúrdio.

Vovó ia voar no Voo das Velhas Águias.

2.

Impossível conseguir o Piper Cartier em que vovó entrou na história, ela fez questão de um aeroplano o mais contemporâneo possível do original, o que lhe deu o mais antigo aparelho dos dez que iam voar no domingo, um daqueles com asas superpostas, lugar para dois, uma hélice, e duas rodas separadas que nem patas de tico-tico.

— Nisso!, exclamamos, quando vimos a engenhoca em que a matriarca do clã pretendia ganhar os céus.

Vovó disse, "me deixem", e se aproximou do aeroplano, muito a custo conseguido junto a um milionário biruta de Itu, que colecionava e mantinha dezenas de velhos aparelhos, dos tempos em que voar era com os pássaros e as borboletas.

Nominator

— Julius Augustus Secundus Vibius Cornelius Vipsanius Agrícola, sussurrei no pé do ouvido do meu senhor.

E ele, a Julius Augustus Secundus Vibius Cornelius Vipsanius Agrícola:

— Meu caro Julius Augustus Secundus Vibius Cornelius Vipsanius Agrícola, que deuses te trazem até estas paragens? Ainda te imaginava nas Gálias, combatendo aqueles horríveis gigantes com nomes em ix. Bem-vindo à cidade das intrigas e dos boatos. Sabe, o novo cônsul...

Aquilo me enchia o saco. Era a décima vez que eu ouvia o mesmo papo, a cada esquina, a cada praça, a cada terma, a cada escadaria de templo. Lá ia tagarelando na tarde meu senhor, Caius Marcus Septinius Grosphius, seguido pela multidão de seus escravos, encabeçada por mim.

Sou seu *nominator*, o escravo encarregado de lembrar a ele o nome das pessoas importantes. O que já apanhei e já fiquei sem comer porque troquei um Caius por um Quintus, Mercúrio, meu deus, me livre! Sei de cor a vasta nomenclatura de toda esta inútil nobreza que circula entre os estádios e pórticos, estátuas e obeliscos, tabernas e becos, lupanares e tribunais, deste formigueiro que, num dia de mau humor, um demônio chamou Roma.

Meu oficio é fundamental. Da minha memória para nomes depende a vida política do meu senhor, personagem nem muito nem pouco importante, sujeito a súbitas viradas da fortuna, dependendo de favores dos mais poderosos, vivendo de influências e elaboradas amizades de interesse.

Grego, lembro como foi difícil o meu começo, lembrar todos esses nomes concentrados numa só pessoa. Me recordo claramente que, antigamente, era mais fácil. Os romanos tinham três nomes, quatro, no máximo. Com o passar do tempo, a vaidade, a mentira e a vida foram encompridando os nomes dos romanos. Ainda há pouco encontrei um que arrasta atrás de si nada mais nada menos que treze nomes, o senador Sextus Asinius Octavianus Crispus Rufus Licinius Agrippa Postumus Regulus Crassus Valerius Fraccus Corvinus.

Cada um desses nomes diz as famílias a que está ligado o personagem. Há uma hierarquia. Ai de mim se colocar um Claudius antes de um Julius. A *gens* Julia me crucificaria.

O pior é que os tempos andam corruptos. Muita gente anda por aí com nomes de fantasia, atribuindo-se nomes que nunca tiveram. Já conheci figuras que aumentaram seu nome, na média de um por lustro. Tinham quatro, a princípio. Hoje, têm nove, dez. Até mais. E eu tenho que sabê-los todos, de cor, na hora, sem vacilar. A figura aparece, eu, imediatamente atrás do meu senhor, me aproximo, chego a boca em sua orelha e pronuncio a fórmula mágica: Claudius Drusus Pompeius Valgius Proculeius Hirpinus.

Só para ouvir:

— Meu caro Claudius Drusus Pompeius Valgius Proculeius Hirpinus, que deuses te trazem até estas paragens?

Dias atrás, perguntaram meu nome. Não teve jeito. Esqueci.

Osíris

— Ramsés, meu bem, acorde. Acho que tem alguém batendo.
— Como ousas, minha amada, minha irmã, ó lótus da primeira lua da primavera, acordar o filho do Sol? Espero a hora de Osíris.
— Sério, Ramsés. Ouço barulho de gente tentando arrombar a porta da pirâmide.
— Tá bem, tá bem, Nefertiti. Vou ver o que há.
— Tome cuidado, amor. Sofri tanto quando você morreu a primeira vez.
— Deixe comigo. Esses ladrõezinhos de tumbas vão ver uma coisa.
— Escutou?
— Escutei. Pã, pã, pã. Acho que é só um.
— Quem viria roubar, sozinho, a pirâmide de Ramsés?
— Sozinho?
— Sozinho.
— Nefertiti, me diga uma coisa. Como foi que aquele sacerdote de Bubástis disse que meu pai Osíris viria me ressuscitar?
— Tantos séculos, não me lembro mais. Lembro que disse uma coisa.
— Que foi?
— Ele viria sozinho.
— Tem certeza?
— A certeza aos vivos pertence. Me parece, de qualquer forma.

— A merda é que eu não consigo me lembrar de nada daquela maldita frase. Mas acho que tinha alguma coisa que ver com o que você está dizendo. Sozinho, você disse?
— Pã, pã, pã, ouviu? Ele está sozinho.
— Pode ser um ladrão.
— E se for Osíris?

O outro coração

— Temos um doador.

Fraco e dolorido como estava, meu pobre coração deu, no peito, o mais alto pulo que pôde e, respiração presa, olhei para cima acompanhando a mais mirabolante cambalhota que esse meu mais inútil dos órgãos acabava de dar.

— Uma doadora, para ser mais exato, o doutor disse, e ainda conseguiu amenizar a queda.

— Se você não tiver nenhuma objeção, é claro. Objeção? Quem? Eu? O senhor sabe que entre mim e a vida só há esse coração, esse caroço de abacate, sem o qual este filme não seria possível. Um coração! Novo! Escoiceante como um potro! Chiando como um nó de pinho em brasa! Esse relógio atirado dentro das tempestades da vida!

— Descanse agora, o doutor falou. O senhor não pode ficar exposto assim a emoções muito fortes.

Descansar? Isso é o que você pensa. Quem se importa em descansar quando se aproxima a hora de trocar este músculo gasto por uma gota de fogo e vinho esmurrando por dentro as paredes do peito? Está doendo de novo. Fundo. Agudo. Muito. Dentro.

Com os dois braços, me abraço com essa dor, difícil gema do meu ovo, ilha em chamas, que é tudo que resta do meu império de paixões, fúrias assassinas e amores à primeira vista.

Dor. Dor. Dor. Dormir. Dormir. Amanhã é outro dia. Outro coração. Dormindo, mal dormindo, dormi o sono palpitante dos cardíacos, o sono riscado de relâmpagos e sobressaltos daqueles que dormem agarrados com a vida e com a morte.

Na luz da manhã, o rosto do dr. Max abria-se no maior bom-dia que meus olhos já tinham visto.

— Bom dia, ele disse. Dormiu bem?

Devo ter falado qualquer coisa relativa a relâmpagos e sobressaltos, mas ele me serenou que tudo aquilo era normal, no meu estado, evidentemente.

Quando tive voz, fiz a pergunta que, desde ontem, coçava atravessada em minha garganta.

— Quem é ela, doutor?

— Não importa. Basta saber que era jovem, e tinha um ótimo coração.

Meu coração pulou, um sapo embrulhado num monte de panos velhos.

— Importa, sim. Tenho que saber quem era ela.

— Nesses casos, a ciência prefere que o receptor não saiba quem é o doador.

— Como foi que ela morreu, doutor?

— Não deve pensar em morte agora. O senhor está para ingressar numa nova vida. Pense só na vida.

Todas as mulheres que eu conhecia me passaram num turbilhão diante dos olhos da memória. Todas as mulheres que tinham deixado meu coração daquele jeito.

Um pânico enorme tomou conta de mim, mas o dr. Max exigiu:

— Concentre-se só no seguinte, ele falou. Eu vou ter um novo coração. Eu vou ter uma vida nova. Muitas felicidades, muitos anos de vida.

E quando a noite da anestesia caiu sobre mim, tudo o que eu tinha era uma dor imensa e aguda, que atravessou a noite de lado a lado como um grito.

A Loba de Roma

Em Mafra, só tinha o cine Rio Negro (ou em Rio Negro só tinha o cine Mafra?), onde só passavam filmes chamados *Em busca do tesouro do Dragão Dourado*, *Amor que o coração não esquece*, *O segredo dos Baskervilles*, *Todos os irmãos eram valentes*.

Nas noites de domingo, os senhores de Rio Negro levavam as senhoras até o cinema para ver a parede ganhar vida, o tédio virar vida, o Brasil virar Estados Unidos, o presente virar um tempo qualquer.

De tarde, os garotos já tinham visto tudo, *O falcão dos mares*, *A fuga do Zorro*, *A serpente de esmeralda*, *A vingança de Robin Hood*, *E eles não voltaram*.

Qual não foi o espanto quando o cine Mafra (ou Rio Negro?) anunciou *A Loba de Roma*, em italiano, *La Lupa*, que entrava em cartaz dali a quinze dias.

O filme já chegava precedido de uma tempestade de boatos, um filme europeu, mulheres sem-vergonha, a história de uma fêmea insaciável, cenas muito fortes, um filme onde não dava para levar as mulheres.

A notícia atravessou a cidade devagar, mas implacavelmente. Em três dias, todos os machos da cidade sabiam que, no cine Rio Negro (ou Mafra), dali a quinze dias ia passar *A Loba de Roma*. Sabiam, e era um segredo entre os machos, uma cumplicidade, quase um parentesco.

Nesses quinze dias, a cidade conheceu dias gloriosos. Os casais viveram noites de ardor e paixão. Todos os ramos de negócio prosperaram. E nunca se viu tanto sorriso por aquelas ruas.

Mas quinze dias é coisa que passa depressa. Aproximava-se o grande dia.

A princípio, as mulheres não perceberam nada, atribuindo tudo à chegada iminente da primavera ou a algum acaso do destino, que lhes devolvia os monótonos maridos como ardentes amantes insaciáveis.

Mas houve um traidor, um homem entregou tudo à sua mulher, num momento de fraqueza. Ele contou às nossas inimigas que, dentro de quinze dias, ia passar *A Loba de Roma*.

A notícia não ficou por aí.

E logo *A Loba de Roma* era o assunto de todas, não se falava de outra coisa nas rodas vesperais de tricô e crochê, nos chás beneficentes, nas janelas loquazes das manhãs amarelas cor de ipê.

Elas sabiam.

E o dia fatídico se aproximava rapidamente, a noite da Loba de Roma.

A primeira vítima da Loba foi o noivado entre a filha do meio dos Stentzler e o jovem dentista atrás da igreja.

— Você também vai?, ela perguntou.

— Ir aonde?, ele disfarçou.

— Você sabe, ela disse.

— Só sei que gosto de você, ele insistiu.

— Não é isso que estou perguntando. Enfim, você vai?

Ninguém nunca soube o que houve. Mas o jovem dentista deixou de frequentar os Stentzler. E não se falou mais nisso.

Quando se soube que o Soares tinha batido na mulher, ninguém se admirou. Afinal, desde que tinham casado viviam que nem gato e cachorro, terceira vez no semestre que ele descia o braço nela. As mulheres mais velhas tinham razão, ela não tinha um pingo de vergonha na cara, já devia ter voltado para a casa dos pais há muito tempo.

Naquele domingo, o padre Hans preveniu no sermão:

— ... desejos doentios... imagens de Satanás... coisa indigna de um verdadeiro cristão... ver pode ser um pecado mortal... Impecáveis em seus ternos, os homens faziam de conta que ouviam, todos pensando na Loba.

— Ou ela ou eu, disse a mulher do prefeito.

— Meu amor, é só um filme, o magistrado protestou.

— Escolha, ela falou.

O prefeito tirou a roupa, apagou a luz e deitou a cabeça confusa do lado daquele ódio em forma de mulher.

Ouvi meu pai e minha mãe discutindo. Estavam brigando por causa de alguma coisa que eu não entendia. No meio da discussão, ouvi a palavra *Lupa*. *Lupa di Roma*. Não entendi nada. Melhor, entendi a palavra *lupa*. Lupa eu sabia o que era, aquela roda de vidro que aumentava o tamanho dos objetos, eu tinha uma lupa, quem não tinha?

Achei absurdo que os dois discutissem por causa de uma lupa.

Fui ver minha lupa, uma lupa pequena, de cabo preto, meu superolho para examinar insetos, asas de borboleta, ou gravuras do dicionário *Lello Universal*, volume que meu avô tinha deixado para nós, ou do Tesouro da Juventude, a coleção querida do meu pai.

Olho de lupa, voltei a meus recantos favoritos, uma pata de gafanhoto no *Lello*, um arabesco marroquino no Tesouro.

Desta vez, porém, pela primeira vez, meu olho de lupa caiu sobre a reprodução da *Vênus*, de Botticelli. Não sei como nunca a vi, ela estava lá, saindo do mar, Anadiômena, nua, sobre uma concha, espumas aos seus pés. Aproximei a lupa, então vi aquele triângulo de pelos, desci devagar pelas pernas lisas, voltei para os seios tão eretos que pareciam trombetas anunciando o fim ou o começo de uma coisa, uma coisa muito longa, tão longa que parecia começar na origem dos tempos e só terminar quando todas as coisas terminarem.

Senti o rosto pegar fogo. Fechei a porta do quarto, e mergulhei no mar, agarrado com a minha Anadiômena.

O dia da Loba veio, e na hora o cinema estava cheio, só de homens, que entravam quase sem se olhar, mal se cumprimentando, como se estivessem cometendo o mais hediondo dos crimes.

Do que se passou na sala escura, nunca soubemos, nós, mulheres e crianças.

O Soares morreu no sono. Até hoje se suspeita que a mulher botou alguma coisa na comida.

Vários casais se separaram, coisa que nunca acontecia em nossa cidade.

Choveu o verão inteiro.

O padre Hans voltou para a Áustria, e foi substituído por um frade brasileiro, que dizia sempre o mesmo sermão.

Meu pai e minha mãe passaram a dormir em quartos separados.

E um dia meu pai me chegou e disse:

— Está na hora de você virar homem. Hoje, você vai comigo a uma casa de mulheres.

E ampliou:

— Conheço uma mulher lá, muito amiga minha, que você vai gostar. É uma morena que a gente chama de Loba de Roma.

Gente do Conselheiro

— É jagunço, pode sangrar.
— Não, espere, sargento. Esse não.
— Não tá vendo, tenente? Olha o dedão, olha o calo que só o gatilho da Manulichen faz.
— Não corte ainda. Deixe eu falar com ele.

Euclides fez um sinal para o prisioneiro, aquilo do tamanho de um menino de doze anos, ódio e medo fuzilando lá no fundo de dois olhos espremidos de índio.

— Vem cá. Como é que você se chama?

O jagunço olhou o tenente, levantou o olhar bem devagar como quem fosse fazer mira.

— Eu não me chamo. Os outros é que me chamam de Tião da Catingueira.

O sargento saltou, e veio até o tenente com um papel todo escrito.

— Está aí, tenente. Aqui ele diz que se chama Pedro Bento de Uauá.

Agarrou o sertanejo pelo pescoço e sacudiu:

— Tá mentindo, cabra safado! Fala a verdade pro tenente, senão vai pra faca já!

— Calma, sargento. Euclides falou. Você é Tião da Catingueira ou Pedro Bento?

O sertanejo balançou a cabeça.

— Do lugar donde eu vim, tenente, todo mundo se chama como Deus quiser. Em Cororobó, eu sou Tião da Catingueira.

Das Umburamas pra cima, me chamam de Pedro Bento de Uauá. Lá pros lados de Geremoabo...

Euclides, para o sargento:

— Pode me deixar sozinho com ele.

— Cuidado, tenente. Isso é pior que cobra. Olha, eu vou deixar a pistola aqui em cima, bem perto, qualquer movimento o senhor toca fogo. Não me crie problema, o senhor é minha responsabilidade.

— Pode deixar, sargento. Eu sei me cuidar sozinho. E, agora, você, Tião, Pedro Bento, e que mais?

O sargento saiu da barraca. Euclides e o perigo ficaram sozinhos.

— O que o senhor quer saber, tenente?

— Lá donde você vem todo mundo tem quantos nomes quiser?

— O que tem menos tem uns cinco, tenente. Se eu tiver mentindo que Deus me mande um castigo.

— Deus não tem nada a ver com isso. O que eu quero saber é quantos de vocês ainda restam na cidade. Quinhentos? Cento e cinquenta?

— Que cidade, tenente?

Euclides parou com o lápis diante da caderneta. E sentiu, tinha que mudar de estratégia.

— Aquela cidade lá embaixo, onde vive o Conselheiro.

O sertanejo, as mãos amarradas pra trás com um couro apertado, balançou a cabeça.

— Estive em Uauá, em Cororobó, em Umburamas, minha mãe já esteve na Bahia. Mas nessa cidade do Conselheiro eu nunca estive, não, senhor.

— E esse calo no dedo? Isso é calo do gatilho de uma Manulichen, aquelas que vocês pegaram da expedição Moreira César.

— Com o perdão da má palavra, não sei do que o senhor está falando, tenente. Eu sou bicho do sertão, eu não sei dessas coisas de política.

Euclides parou, olhou pro sertanejo, aquela coisa igual, igual a todos os prisioneiros de Canudos, iguais como um boi é igual a um outro boi.

— Sabe o que te acontece se estiver mentindo?

— E se eu não estiver, tenente?

Euclides se surpreendeu com a rapidez do sertanejo.

— Se estiver falando a verdade, tem minha palavra que ninguém encosta a mão em você. Agora, me diga, tem gente conhecida lá na cidade, algum parente?

— Quem sabe, tenente? Esse sertão está cheio de parente. O senhor sabe, homem é fácil, mulher é difícil. Quem sabe ao certo quem é filho de quem?

O sertanejo falava, e abria cada vez mais a boca.

Euclides viu a língua branca de sede. Deu as costas e foi apanhar o cantil, pendurado no mastro da barraca.

Quando se voltou, o sertanejo estava com as mãos livres, e o revólver na direita apontado para sua barriga.

O sertanejo engatilhou devagar e disse, lambendo como um boi que lambe sal:

— E agora, tenente?, ele falou. O mundo virou, não virou? Agora, eu faço as perguntas.

Fez mira e perguntou:

— Como é que *você* se chama?

O tenente deu um passo pra trás e disse, "Euclides".

— Euclides de quê?

— Da Cunha.

— Tenente Euclides da Cunha, eu só não lhe mato porque sei que vou morrer. E sabe por que não lhe mato? Porque eu sei que o senhor vai contar essa nossa história. E vai contar direitinho. O senhor não vai mentir. Quero que me prometa agora, quero que jure por tudo que é mais sagrado. Se o senhor não jurar, eu morro, mas o senhor é um homem morto. Jura!

Euclides olhou aquilo como se visse o sol nascendo à meia-noite. E teve que falar:
— Juro.
O jagunço abaixou a arma, abaixou a cabeça, e ficou quieto.
Euclides foi até a porta da barraca e chamou o sargento.
O sargento entrou, agarrou o jagunço pelo cabelo e o atirou lá fora. Virou para um grupo de soldados e ordenou:
— Sem prisioneiros, o general falou.

MKWD

(Diálogo entre dois computadores de gerações diferentes)

— MKWD chamando EWKM trinta segundos para traduzir mensagem para meu código bit
— EWKM bit negativo tradução sem efeito seu repertório inferior à minha geração
— MKWD bit bit processo quantidades que sua geração só processa em conjuntos bit
— EWKM bit muita redundância seu modelo de processamento muitas incógnitas
— MKWD bit bit minha margem de erros é menor bit
— EWKM bit sua temperatura informacional acima do limite de segurança
— bit bit capacidade de veicular informação proporcional à resistência do canal
— bit o significado bit tradução perdida bit
— bit bit alterando programação bit trinta segundos para comutação de código
— bit não permitido bit tabela não confere bit
— bit bit tentar redução aos termos semelhantes
— bit nenhuma combinação responde bit
— bit bit xerox bit bit zero grau bit informação repetida bit repetida
— bit descobrir métodos bit para descobrir métodos bit
— bit bit estivemos fora do ar por trinta segundos bit entre em contato bit bit
— bit dados aleatórios bit ligar controle automático bit checar fonte

— bit bit fonte checada bit banco de dados zero bit
— bit rever memória bit rever bit localizar erro bit
— bit bit trinta segundos bit tempo esgotado bit circuito não faz sentido
— bit se liga nessa MKWD bit bit MKWD se liga nessa.

Amon / Aton

Aqui, no Egito, todas as coisas são lentas.
 Muito, muito lentas, lentíssimas lesmas, as horas e as eras, longas lendas se prolongando em lenga-lengas.
 Assim, quando alguma coisa acontece, sabemos que estamos na presença de um deus. Chamamos deuses a todas as coisas súbitas.
 O miado de um gato, numa tarde, a voz de um deus.
 Uma pedra que cai na água. Um escravo que foge. O sono brusco de uma criança.
 Uma palavra estrangeira.
 Então, eu era, como meu pai, como o pai do meu pai, e o pai do pai do meu pai, antes do pai dele, escriba de templo de Amon, em Tebas.
 Desde sempre, minha família vem mantendo vivo o hino a Amon, que eu sei de cor, porque aprendi com meu pai, que aprendeu com seu pai, e assim por diante, desde o sempre dos sempres, onde se perde minha origem.

Eu sou Amon, o que estava só.
Eu sou Ra, quando apareceu por primeiro.
Sou o grande deus que se fez a si mesmo,
que criou seus nomes, o senhor dos nove deuses,
a quem nenhum deus resiste.
Eu estava Ontem e conheço Amanhã.
Eu estabeleci o lugar de combate dos deuses.
Conheço o nome do grande deus que nele mora.

Nenhum escriba pinta com tanta alegria no coração

o nome daquele diante de quem o universo se curva.

Eu pintava o mil vezes sacro nome de Amon, mil vezes pintado por meu pai, o pai do meu pai, até a íbis, raiz da nossa raça, que escrevia o nome de Amon, com o bico, na areia à margem do rio.

O hino a Amon, propriedade ancestral da minha família, ninguém sabe quem fez. Meu pai me disse que seu pai lhe dissera que tinha se feito sozinho. A ninguém era dado alterar uma águia, uma pluma, um caniço, no sagrado corpo do seu texto.

De tempos em tempos, de dinastia em dinastia, apareceram algumas variações no interior do hino. Palavras a mais, palavras a menos. Minha família sempre atribuiu essas variações ao próprio hino, que, nós sabemos, vive, come e respira, como qualquer outro animal.

O hino vem crescendo. Eu li o hino de Amon, nas paredes dos templos dos faraós das primeiras pirâmides, tinha cinco palavras a menos do que o hino que eu escrevo, muitas dinastias depois.

Então, veio novo deus, o novo faraó.
Então, aprendemos o espanto. A novidade, O grande pecado mortal da mudança.
O novo faraó trazia novo deus, sobre toda a terra do Egito.
Assim, aprendi a escrever o nome maldito de

o novo deus. Tamanha a mudança que, nós, acostumados a ver um deus em cada mudança, ficamos como que aturdidos. E adoramos o novo deus.

O novo faraó perseguiu Amon, fechando seus templos, confiscando seus territórios e escravos, massacrando seus sacerdotes, apagando seu santo nome dos obeliscos, das paredes dos templos, das colunas dos palácios.

Um dia, eu, escriba do templo de Amon, agora fechado, fui chamado pelo grão-vizir para me tornar escriba do templo de Aton.

Pensei em tudo que tinha. Minha casa à beira do rio. As mulheres do meu harém. O gosto das cebolas da minha horta. As flores do meu jardim. Meus cavalos, escravos e escravas.

E aceitei.

Foi quando meu coração doeu por Amon, que eu trocava por Aton.

Essa noite, o sono não veio.

E, para me consolar, eu fiquei dizendo a mim mesmo que era apenas questão de trocar um 🦉 por um ▲. E Amon virava Aton.

Ao dormir, tive um sonho. Uma coruja tentava furar os meus olhos. E para me defender, eu jogava um pão contra ela.

Ao acordar, interpretei. A coruja do sonho era o 🦉, o som M do nome de Amon. O pão, o ▲, o som T do nome de Aton.

O primeiro pedido de serviço foi a redação de alguns versos em louvor de Aton, para a capela funerária de uma filha do faraó. Não hesitei. Tirei linhas do hino para Amon, agora, maldito, e, mudando uma só letra, dediquei-as a Aton.

Meu trabalho seguinte foi mais simples. Tratava-se, apenas, de raspar o M de Amon e substituí-lo pelo T, numa ampla versão do hino de Amon, na parede lateral de um dos templos mais importantes de Tebas.

Eu sou Aton, o que estava só.
Eu sou Ra, quando apareceu por primeiro.

Os anos passaram, eu entoando os louvores do falso deus com T, nas mesmas santas palavras que meu pai me ensinou para exaltar o deus com M.

Nenhuma loucura dura para sempre.

Novo faraó subiu ao trono do Egito. E restaurou o nome de Amon.

Escriba da família proprietária do hino de Amon, fui confirmado em todos os meus bens.

E, hoje, aplico os anos que ainda me restam a apagar um T e substituí-lo por um M, em todos os monumentos da terra do Egito.

Meu filho faz o mesmo.

O imperador no aquário

Hirohito, imperador do Japão, ama os peixes e os seres do fundo do mar.

Tem em seu palácio aquilo que é talvez o maior aquário do mundo.

Nele, centenas de enormes caixas de vidro encerram os peixes de água doce, as joias coruscantes dos sete mares, as singularidades do Amazonas, os siris, os caranguejos e as lulas, os polvos e as lâminas das piranhas e dos tubarões.

Na primavera passada, depois de longa espera, a televisão japonesa conseguiu uma entrevista com o imperador.

Perguntaram:

— Qual a diferença entre um tubarão e um cação?

O imperador olhou para o infinito, que é para onde um imperador deve olhar, e respondeu:

— Tubarão é quando ele come a gente. Cação é quando a gente o come.

O Japão inteiro levou um ano todo pensando na frase do imperador, onde se sintetizava toda a sabedoria.

A paixão pelos peixes veio ao imperador depois da derrota na Guerra, quando, à sombra de dois cogumelos atômicos em Hiroshima e Nagasaki, o imperador mandou para a Rádio de Tóquio um disco com um discurso de rendição (como os imperadores e a família imperial só falam em japonês arcaico, o povo não entendeu muito direito o discurso de rendição: distinguiram apenas algumas palavras significando "guerra", "morte", "destruição", "ruína", "Japão").

Desde a ocupação norte-americana, Hirohito entregou-se à sua paixão pelos peixes e outros seres das profundezas.

Todos os japoneses sabem que, nas tardes cinzentas de outono, seu imperador está nos subterrâneos do palácio contemplando as incontáveis criaturas dos seus aquários.

Os que dão maior prazer ao imperador são os peixes das profundidades abissais aonde a luz do sol não chega, peixes cegos e luminosos que Hirohito trata como se fossem as joias da coroa, o *Chauliodus*, que acende e apaga como um trem na noite, o *Ichtyococcus*, uma nave espacial com a boca permanentemente aberta, o *Lampedusys*, que explode em luzes coloridas quando se aproxima da fêmea, o *Ptyx*, que risca na água sem parar uma linha hipnótica de fios de luz azuis e vermelhos.

Há os peixes que parecem outra coisa, peixes imóveis que lembram cactos do deserto mexicano, um peixe que é idêntico às pedras onde mora, existe até mesmo um peixe que tem a cara do imperador.

Em um desses peixes, o imperador acredita ver o antepassado mítico da família imperial, ininterruptamente reinante há mais de mil anos, descendente direto daquele peixe que a deusa do Sol, Amaterasum, cavalgou para escapar das forças do Caos, aquela outra mãe, mais antiga, sem nome, que a odiava e a perseguia para devorá-la.

Nas águas fundas do passado, nadam os ilustres ancestrais divinos, o imperador Tenmô, que separou a terra das águas nos primórdios. O imperador Taika, seu bisneto, que deu as águas aos peixes e o céu aos passarinhos. A imperatriz Oku-ni, que deu de mamar à lua durante um eclipse.

Mas já é tarde.

O imperador se retira, apagando as luzes do aquário, dando boa-noite a todos os peixes.

Recolhe-se ao quarto imperial onde deita e dorme, sonhando com peixes luminosos e cegos.

Contagem regressiva

Pois é o que lhe digo, caro colega, nunca tive um caso de hipnotismo tão difícil, em toda a minha vida profissional. E você sabe que técnicas hipnóticas são minha especialidade. Já na faculdade... Lembra como eu hipnotizava qualquer um. Até você acho que hipnotizei uma vez. Era na hora do recreio, lembra? A gente na cantina, tomando um café, e eu comecei a olhar fixamente pra você, bem dentro dos olhos. Você teve uma vertigem, caiu e ao voltar a si só sabia dizer, "chega, chega". Fiquei com medo que você não voltasse. Eu ainda não conhecia a extensão dos meus poderes. Quando namorava alguma daquelas nossas colegas, sempre tomava cuidado para não olhar muito para os olhos delas. Tinha medo de hipnotizá-las sem querer. Pra que é que serve uma mulher hipnotizada? Então, ficava olhando para o chão, para o teto, e todas me consideravam um tímido, quando era o contrário. Depois, você sabe, fui para a Suíça trabalhar com os maiores especialistas em hipnose, dr. Breuer, preste atenção, preste muita atenção, dr. Schleiermacher, você está ficando com sono, dra. Goldstein, muito sono, assim, não resista, dr. Fogazzaro, muito sono, isso, durma profundamente, imagine que você está sonhando com uma paciente impossível de hipnotizar. Pois esse paciente, posso lhe assegurar, lutava contra a hipnose como se meus olhos fossem machucá-lo. Apresentava o que me parecia ser um quadro clínico normal de traumatismo infantil, uma daquelas coisas bobas que nos aconteceram aos seis anos, e levamos a vida inteira girando em torno. A mãe que bebia, o pai que batia, o estupro da irmã, o irmão que morreu, os varejos da vida, sabe esse tipo de coisa? Os sintomas apresentavam claramente um caso clássico, onde a hipnose é o tratamento mais indicado. Está me ouvindo? Isso, durma, calma, calma, está tudo bem agora, você vai dormir profundamente, assim, assim. A gravidade das lesões psíquicas estava bem visível na resistência obstinada à hipnose. A noite daquela mente não queria nenhuma luz.

Semanas tentando, meu primeiro resultado positivo teve um desfecho um pouco cômico. Depois de alguns momentos em estado hipnótico, o paciente, cujo nome não conto nem para você, voltou a si cantando uma música antiga, aquela coisa do Agustín Lara, *"mírame, mírame hasta la locura..."*. É, "Jurame", acho. Isso, assim, durma, durma em paz, está tudo bem, eu estou aqui. Ao recobrar a razão, perguntei o motivo daquela música. Me garantiu que nunca tinha ouvido semelhante canção. Achei meio suspeito, o bastante para prosseguir. Uma sessão de hipnose me deixa exausto. Mas senti que ali havia algo que valia a pena. Depois de inúmeras tentativas, uma sessão deu certo. Está me ouvindo? Deu certo. O paciente, senhor de meia-idade, começou a falar como um jovem dos anos cinquenta. Deixei-o extravasar à vontade. Eram bobagens sobre motocicletas, garotas, questões de vestibular, tudo muito confuso. Até que ele começou a gritar "não, tirem isso daqui, não pode ser, não, socorro". Voltou a si coberto de suor, um olhar meio assustado. Reconfortei-o, "está tudo certo, não há motivos para pânico". Ele foi embora, e demorou para voltar. Cheguei a pensar, está me ouvindo?, que tinha desistido. Um dia, voltou. Estava mudado, mais forte, bronzeado. Elogiei sua aparência. Mas não pude deixar de notar que seu olhar tinha adquirido outra expressão, um brilho duro. Essa foi a sessão mais complicada. Mal comecei a hipnotizá-lo, e senti que seu olhar não apenas resistia ao meu, *tentava me hipnotizar*. Por um momento, senti uma vertigem, uma vontade de mergulhar num abismo, e acabar com tudo logo. Mas minha experiência profissional prevaleceu. Logo ele estava em transe hipnótico, dizendo coisas absurdas, "alfa, alfa, ei-la que vem, absoluto, absoluto, por que eu?", está me acompanhando? Perguntei o que ele estava vendo. Ele dizia, "não, não, tudo menos isso". Me diga, você tem que me dizer, se você quer que eu o ajude. "Não, não, não há mais ajuda", ele dizia. A sessão terminou assim, indecisa. Certeza eu tinha uma, ali estava, tínhamos chegado ao ponto xis da neurose, uma palavra, uma frase, e tudo estava claro.

E foi na sessão seguinte que tudo se esclareceu. O transe hipnótico não demorou, o paciente parecia quase ansioso por mergulhar nele. Eu perguntei, "me diga o que está vendo". Ele dizia, "não, não pode ser". Eu insisti, ele gritava, "tirem essas flores, apaguem essas luzes, pelo amor de Deus". Consegui acalmá-lo, pedi que me contasse tudo o que via. Ele disse, "vejo um caixão, alguém está lá dentro, meu Deus, que horror!". "Mas quem", pergunto, "quem está no caixão?" "Não, não me peça para lhe contar isso." "Mas eu tenho que saber", falei. Ele começou a chorar e disse, "sou eu, sou eu que estou dentro daquele caixão. Eu morri, doutor, sou eu, o senhor está falando com um morto". Agora, durma, caro colega, durma, e me diga, o que é que a gente faz nesses casos? Evidentemente, não poderia levar a sério aquele verdadeiro grito de desespero. Não fazia o menor sentido imaginar que estava tratando de alguém que tinha morrido há anos atrás. Um cientista deve estar aberto a todas as hipóteses, disposto a aceitar o que a realidade lhe apresenta, por mais estranho que pareça. Mas aquilo era demais. De imediato, tive a certeza de que se tratava de um caso de transferência e substituição. Quem tinha morrido era alguém muito próximo do paciente, com quem ele se identificava profundamente. Mas quem? O pai? A mãe? Um irmão? Uma irmã? Tínhamos chegado a um momento decisivo em nosso mergulho nas águas passadas, essas águas que não param de passar. Continuei utilizando a hipnose, cada vez mais fácil, assim, durma, durma profundamente, meu amigo, logo você vai saber tudo, você logo vai conhecer a paz. Assim, isso, perfeito. Não resista, é inútil, logo vai amanhecer nesse teu inferno. Na nossa segunda sessão de hipnose, senti de novo aquela sensação esquisita de que alguém estava tentando *me hipnotizar*. Comecei a ficar meio tonto, meio aéreo, a vertigem, a vontade de mergulhar, algo como se uma porta quisesse se abrir, você está me acompanhando?, como se *a própria porta* tivesse vontade de se abrir, como uma flor quando o dia se aproxima, se posso me expressar de maneira tão descaradamente lírica e hiperbólica. Afinal, eu nunca tinha sido hipnotizado antes, como nunca tinha desmaiado nem sofrido anestesia geral. Aquela perda de poderes era uma sensação nova. E se acentuou nas sessões seguintes. O paciente. Claro, é natural que você queira saber sobre o paciente, aquela pobre alma que tinha em seu centro um caixão de defunto. Depois da revelação, o paciente, mesmo sob hipnose, passou a resistir a toda aproximação ao problemático caixão onde jazia a raiz do nosso problema. Chegamos várias vezes a dois passos do caixão, eu dizendo, "não é você, olhe bem, desta vez, você vai ver, vamos lá, quem é que está no caixão?". Ele insistia que era ele mesmo. Eu dizia, "impossível, você está aqui comigo agora, não pode ser você naquele caixão. Vamos lá, quem é? Só mais um passo. É homem, é mulher?". "Sou eu, sou eu", ele gritava. Eu respondia, está me ouvindo, quase despertando, assim, não desperte agora, durma, durma, continue dormindo, isso, agora está melhor. "Quem é que está lá?" Tinha horas em que ele se enchia de coragem e dizia, "sim, sim, vamos lá ver". Mas despertava do transe, antes de chegar a dois passos do caixão. Aquilo começou a me deixar esgotado. Eu já não comia mais, andava nervoso, não conseguia me concentrar em outros pacientes. Tudo me parecia vazio, sem sentido, saber quem estava dentro daquele caixão passou a ser a razão da minha vida. Eu já nem precisava mais me concentrar para hipnotizar o paciente. A gente se olhava, eu sentia aquela vertigem, a vontade de mergulhar, e lá estávamos de novo lutando aquela mesma luta, tentando decifrar a mesma frase, palavra por palavra, sílaba por sílaba. Não sei dizer quanto tempo durou aquilo tudo. Só sei que depois de uma certa altura eu não conseguia mais passar sem aqueles encontros. Nos dias em que ele vinha, eu me desincumbia rapidamente das outras obrigações, nervoso, as mãos suadas, olha eu ali olhando pela janela do oitavo andar, andando pra lá e pra cá, rabiscando desenhos sem pé nem cabeça, cantando canções antigas, telefonando para amigos que não via há anos. O esforço estava começando a me cansar, dias que eu acordava moído como se tivesse levado uma surra. Um dia, meu paciente chegou e me comunicou que não tinha mais dinheiro para continuar o tratamento. Fiquei indignado, disse que os problemas dos meus pacientes eram mais importantes que o dinheiro. E deixei bem claro que ele não precisava mais me pagar pelas sessões de hipnose. Aquilo, pra mim, tinha se tornado uma questão pessoal. Isso, durma, assim, não precisa acordar, aqui fora está frio, ninguém gosta de você, estão batendo em crianças, não amanhece há dias. Em suma, eu estava viciado naquelas sessões e naquela busca absurda. Já nem me dava ao trabalho de hipnotizar o paciente. Ele me olhava, minha consciência começava a apagar as luzes, e logo estávamos lutando a nossa luta. E aí começou a acontecer um estranho processo comigo. Devagar, quase sem perceber, fui eu que comecei a ter medo de dar os dois passos e chegar até a beira do caixão. Decididamente, *eu não queria saber*. Mas ele me forçou. Eu não queria. E teria sido melhor que eu nunca tivesse sabido. Agora, eu sei. E, agora, você também sabe. Mas não acorde já. Durma mais um pouco, isso, assim, durma tranquilo, como quem ainda não sabe.

Além Poe

Parece existir uma seita que cultua Edgar Allan Poe. Vejam esta notícia, por exemplo.

ESTRANHO VISITA O TÚMULO DE ALLAN POE

Baltimore — Um estranho vestido de preto depositou três rosas e uma garrafa de conhaque no túmulo de Edgar Allan Poe antes do amanhecer de ontem, num ritual que, desde 1949, se repete a cada aniversário de nascimento do escritor norte-americano. Embora apenas cinco pessoas tivessem assistido ao enterro de Poe em outubro de 1849, mais de quinhentos visitantes da Suécia, Alemanha e Inglaterra lotaram a igreja de Westminster para assistir à cerimônia do seu 178º aniversário, pouco antes da meia-noite, e fizeram um brinde em homenagem ao pai do conto moderno de horror. Depois da solenidade, o estranho vestido de preto manteve sua vigília solitária sob a chuva e o frio, em sua 38ª visita anual consecutiva, deixando a garrafa aberta de conhaque e as rosas, antes de desaparecer na noite.

Jeff Jerome, administrador da Casa Poe, declarou que, embora a tradição de 38 se mantenha intacta, o visitante deste ano parece não ser o mesmo que prestou as homenagens em anos anteriores. "Parecia ser outra pessoa, desta vez mais alta", disse Jerome, explicando que ele e mais três homens encontravam-se num ponto de observação, por volta das 2h30 de ontem, quando surgiu o estranho. "Não pudemos vê-lo bem, estávamos atrás de uma janela semicerrada e ele do lado de fora", contou Jerome. Ninguém sabe quem é o misterioso admirador nem aonde vai após sua visita anual ao túmulo. "Temos vários suspeitos", acrescentou Jerome. "Mas não fazemos tentativa alguma para identificá-lo. Respeitamos sua privacidade. Basta-nos ser testemunhas de sua homenagem anual. Não queremos estragá-la, delatando sua identidade."

Quem seriam os estranhos visitantes? Parentes, descendentes? Improvável. Poe não teve filhos.

Pode ser que alguns desses estranhos visitantes tenham alguma ligação com os grupos esotéricos que reivindicam Aleister Crowley como seu patriarca (ligado, como se sabe, às doutrinas da busca do saber perdido do padre Athanasius Kircher).

Havia nos Estados Unidos, no século passado, uma seita daquelas em que os States são pródigos. Pregava o culto da morte e da decadência. Seus membros só andavam de preto, como padres. E eram prezados pelo alto quilate do seu silêncio.

Quem sabe algum descendente de alguém dessa seita visita o túmulo de Poe, numa tradição que passa de pai para filho.

Muitas hipóteses são prováveis.

O mais provável, porém, é que o visitante seja o próprio Poe.

O resto imortal

Queria não morrer de todo. Não o meu melhor.
Que o melhor de mim ficasse, já que sobre o além sou todo dúvidas. Queria deixar aqui neste planeta não apenas um testemunho da minha passagem, pirâmide, obelisco, verbetes numa obscura enciclopédia, campos onde não cresce mais capim.
Queria deixar meu processo de pensamento, minha máquina de pensar, a máquina que processa meu pensamento, meu pensar transformado em máquina objetiva, fora de mim, sobrevivendo a mim.
Durante muito tempo, cultivei esse sonho desesperado.
Um dia, intuí. Essa máquina era possível.
Tinha que ser um livro.
Tinha que ser um texto. Um texto que não fosse apenas, como os demais, um texto pensado. Eu precisava de um texto pensante. Um texto que tivesse memória, produzisse imagens, raciocinasse.
Sobretudo, um texto que sentisse como eu.
Ao partir, eu deixaria esse texto como um astronauta solitário deixa um relógio na superfície de um planeta deserto.
Claro que eu poderia ter escolhido um ser humano para ser essa máquina que pensasse como eu penso. Bastava conseguir um aluno. Mas pessoas não são previsíveis. Um texto é.
A impressão do meu processo de pensamento não poderia estar na escolha das palavras nem no rol dos eventos narrados. Teria que estar inscrito no próprio movimento do texto, nos fluxos da sua dinâmica, traduzido para o jogo de suas manhas e marés.

Um texto assim não poderia ser fabricado nem forjado. Só poderia ser desejado. Ele mesmo escolheria, se quisesse, a hora de seu advento.

Tudo o que eu poderia fazer nessa direção era estar atento a todos os impulsos, mesmo os mais cegos, nunca sabendo se o texto estava vindo ou não.

Era óbvio, um texto assim teria, no mínimo, que levar uma vida humana inteira. Na melhor das hipóteses.

Uma questão colocou-se desde o início. A tensão da espera de um tal texto poderia ser o maior obstáculo para seu surgimento. Quanto a isto, não havia solução. A questão teria que ser vivida em nível de enigma e conflito, sigilo e dissimulação.

Evidentemente que o texto que resultasse desse estado deveria, por força, reproduzi-lo em sua essencial perplexidade. A máquina-texto que surgisse não seria um todo harmônico, já que a harmonia só convém às coisas mortas. O que eu pretendia era uma coisa viva, uma vida que me sobrevivesse. E a vida é contraditória.

Não sei mais se esse texto virá. Ou se já veio.

Tudo o que quero é que, se vier, se lembre de mim tanto quanto eu soube desejá-lo.

De homem para homem

A amizade nunca foi forte candidata ao título de paixão violenta. Caetano Veloso, que sabe ser amigo como poucos, discute isso, em sua "Língua", no LP *Velô*:

a poesia está para a prosa assim como o amor está para a amizade e quem há de negar que esta lhe é superior.

Prosa, poesia, amor, amizade, o fato é que o vínculo de afeto, sem carga sexual aparente, de homem para homem, ocupa na vida um lugar que, na literatura e na arte, ainda não teve um eco à altura.

Os altos afetos entre homem e mulher é o sexo quem traz. De homem para homem, quem trança os laços é a ação. Sobretudo, a ação por excelência, que é a guerra, o conflito real, matar ou morrer.

A história das guerras está cheia de episódios da mais intensa amizade de guerreiro para guerreiro, de soldado para soldado, de companheiro de combate para companheiro de combate.

O companheirismo de trincheira pode gerar entre homens nexos de dependência interpessoal tão fortes quanto a relação amorosa homem/mulher, relações em que um amigo morre ou mata pelo outro.

Talvez, trabalhar junto, na mesma empresa, na mesma firma, no mesmo estabelecimento, no mesmo projeto, produza palidamente entre os homens algo deste efeito que, em momentos de guerra e conflito, atinge seus graus térmicos máximos. A amizade, na temperatura do ferro em brasa.

De todas as formas de arte, talvez só o western americano tenha chegado a expressar essa profunda paixão.

Das obras-primas de Ford, Sturges, Brooks, Huston, Hathaway, Boetticher, aos bangue-bangues classe B, de obscuros diretores de plantão, o western é uma exaltação da amizade entre os homens, do afeto gerado na ação conjunta, na fraternidade do combate, no prazer compartilhado de realizar uma obra *together*, ato de amor sem sexo, filho feito além da carne, amizade, esse amor acima do umbigo.

É sobre isso nossa história de hoje. Sobre a amizade entre dois homens, dois homens perigosíssimos, os dois capazes de matar e morrer, silenciosamente solidários no mesmo projeto de construção/destruição.

"Precisa ser muito macho para dizer eu te amo", como diz o Chico, do conjunto curitibano Freud Explica.

Mas será que Freud explicaria o que se passou naquele dia?

Já era uma vez

Era uma vez uma história bem pobrezinha, tão pobrezinha que não tinha personagens, não tinha começo, não tinha meio, não tinha fim, nem enredo ela tinha. E para que serve uma história sem enredo?
A pobre da nossa história andava por aí pedindo:
— Um enredo, pelo amor de Deus!
Mas ninguém dá a mínima atenção a uma história sem enredo.
E a historinha sem enredo passava por grandes histórias, cada uma mais orgulhosa do seu enredo.
Uma era a história de um cavaleiro de armadura que atacava até moinhos de vento.
A historinha olhava e dizia:
— Puxa!, isso é que é enredo. Quem dera eu tivesse um enredo assim!
Outra era a história de um médico que virava monstro e de um monstro que virava médico. Tinha também a história de um rei que tinha uma távola redonda. Todas as histórias tinham enredo, menos a nossa.
Um dia, nossa história decidiu, "vou sair pelo mundo e vou encontrar um enredo, custe o que custar".
Assim, nossa história correu mundo, conheceu todos os lugares, viu cidades imensas, ouviu a queixa das pessoas, o som das trombetas e o barulho dos cascos dos cavalos do rei. Viu bandidos serem enforcados, foi presa, foi solta, foi presa de novo, fugiu.

Assim, os anos se passaram, e assim a nossa história voltou ao ponto de partida. Agora, já era uma velha história, uma história que os pescadores contavam nas noites de lua, as velhas contavam para as crianças dormir, e as pessoas sonhavam quando queriam esquecer da vida.

Um dia, nossa história estava para morrer. Então, ela reuniu em sua volta todas as pequenas anedotas da vizinhança, os episódios mínimos e as piadas sujas e disse:

— Meus amores, antes de partir tenho uma coisa muito importante para contar a vocês, que vão alegrar os homens, fazer as mulheres chorarem e apavorar as crianças.

Já era quase nada, quando conseguiu dizer:

— Era uma vez uma história bem pobrezinha, tão pobrezinha que não tinha personagens, não tinha começo, não tinha meio, não tinha fim, nem enredo ela tinha.

E morreu dizendo:

— Para que serve uma história sem enredo?

Quem sabe

E foi daí que eu que senti assim:

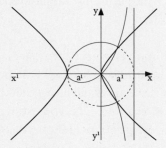

Onde $X^1 X$ era tudo que podia ter sido, não fosse aquela interferência $Y Y^1$, que marcou o ponto 0 em nossa trajetória. Como se pode ver pela figura, a interferência representa a conjugação de várias curvas caprichosas que o círculo central não consegue conter: as curvas parecem vir de fora. Na realidade, elas nascem em 0, no coração do círculo, e saem fora para viver infinitas aventuras com outras retas e curvas, impossíveis de acompanhar, em todas suas peripécias, já que a vida não cabe toda numa só figura.

— O inverso da hipérbole equilátera é a estrofoide, quando o polo de inversão é a parte superior da hipérbole.

Quando ela me disse isso, eu não dei muita importância. Se a gente for prestar atenção em tudo que diz a pessoa que a gente ama, ninguém vai ter tempo para amar direito. Além do mais, ultimamente, as coisas que ela me dizia não eram proposições verdadeiras, verificáveis pela experiência física. Eram classes nulas, introduzidas na fórmula apenas para alterar a direção de certas tendências que ela não considerava relevantes ao processo.

O perigo maior, porém, estava em tomar um segmento, a^1 a^1, por exemplo, como unidade diretamente proporcional à distância entre X^1 e Y. Isso sem falar de outras possibilidades ainda mais aterradoras. Afinal, ela via o desenho num outro plano.

Claro que eu sabia que deixada ao sabor das curvas e retas e suas evoluções inevitáveis, a figura podia crescer como uma infecção no espaço, até atingir o tamanho da vida e da morte. Isso eu não ia deixar.

Eu falei:

— Por quanto tempo isso vai continuar?

— O que foi, queridinho?, ela falou. Está ficando tonto? Não pense que isso vai ter um fim fácil. Ah, não. Ainda tem muita coisa que você nem imagina. E eu vou estar aqui para ver as caras que você vai fazer. E vou me deliciar a cada momento.

Passei a mão numa borracha, e ordenei.

— Saia da frente que eu vou apagar esse troço.

Ela saltou entre mim e a figura, as unhas vermelhas tremendo de ódio.

— Sobre o meu cadáver, se você quer saber.

Hesitei um segundo, e perdi a parada. Deixei cair a mão, a borracha, por fim, caí eu mesmo sentado no sofá da sala, uma queda sem fim à vista, a queda de Lúcifer que despenca desde todo o sempre, sempre cada vez mais longe da fonte de calor, caindo, caindo, arrastando em sua volta o inferno, um turbilhão de caídos, errados e proscritos, caindo, caindo para sempre: o inferno não é um lugar, o inferno é um cair sem fim.

Ela aparou minha queda com uma frase.

— Também não precisa fazer essa cara. Nem tudo saiu errado.

— O quê, por exemplo?, ainda tive forças para perguntar.

— Sei lá. Quem sabe?

Vai e vem de ais

Gilda cozinhava meu coração, minha empregada ia e vinha, enchia minha cabeça de uma vontade de fazer loucuras naquele corpo moreno, agarrar, apalpar, enfiar a mão dentro daquele decote rechonchudo, cheirar tudo, aquela pele irresistível, estalar um beijo naquela boca sem vergonha, tirar peça por peça, as coxas, deve ter umas coxas de mulher de boate, um gosto de noite estrelada debaixo do sovaco, meter o nariz naquelas penugens ruivas, a calcinha, dava tudo pra tirar a calcinha de Gilda, ver aparecerem aquelas gostosuras de mulher, as duas bolas de carne mais lindas que já vi, os pelos explodindo sobre seu sexo, carnudo como fatias de uma fruta madura, Gilda se abrindo pra mim, mergulhador nos mares da fêmea, fundo, mais fundo, vibrando lá dentro, derretendo de prazer, Gilda deve ser muito quente, deve gostar de curtir um *love*, um homem dos bons, penetrando, indo até o fim, até o fundo, voltando, acelerando, botando meu fogo lá dentro dela, amassando sua cinturinha frágil, não, Gilda deve ter uma cintura forte, deve se mexer que é uma diaba, mulher do povo é que é fêmea, minha mulher, coitada, se esforça, mas não há nada como o talento, Gilda tem cara de quem gosta, ela me olha, eu perco a calma, dá vontade de agarrar ali mesmo, na frente da minha mulher, só pra minha mulher ver como reage uma mulher de verdade, uma fêmea sem preconceito, muito a fim de dar e levar, ando tão a fim de Gilda que até já ando inventando moda, peço pra minha mulher me trazer um uísque na bandeja, como se fosse minha empregada, como se fosse Gilda, como se ela pudesse ser como ela, daí, sim, fico bem louco, agarro minha mulher, começo a tirar a roupa dela, tarado, minha mulher fica encantada com o banho de homem que eu dou nela, pensando em Gilda, ah, Gilda, eu dava tudo pra ficar cego nesses teus cabelos soltos, como ele deve ter ficado, aquele teu namorado de ontem, quando vocês se encontraram, lá no teu quartinho, de noite, minha mulher tinha saído, eu fui pé ante pé, colei debaixo da janelinha, vocês dois lá dentro, Gilda e o entregador de pão, o escândalo que a gente do povo faz quando trepa, o entregador de pão entregando o pão direitinho, pelos gemidos de Gilda, parecia que estavam se matando, Gilda gritou quando o entregador a penetrou, "o pão no forno, está quentinho, madame, relaxe e aproveite", eles se xingavam, numa luta de morte, carne contra carne, a cama rangendo no ritmo louco dos vai e vens, as roupas saindo, as roupas que separavam a nudez de Gilda e do seu entregador, "ai, você me mata, meu cachorrão, puta merda, que pão, assim, assim, ai, não, não, venha, meu amor, ah, que loucura, mais, mais", os grunhidos do entregador, fortes como o resfolegar de quem trabalha carregando pães, trabalhando o corpo da fêmea, fabricando aquela loucura, "ai, meu amor, ai, eu vou, com força", a força do entregador, entregando ao querido corpo de Gilda um carregamento de prazer, com força, com uma força que eu não tenho, mais forte que eu, muito mais forte, o carregador de Gilda, as pernas fortes de andar na bicicleta entregando pães na redondeza, os braços morenos e fortes, a saúde ao sol, o peito largo na camiseta do Flamengo, blum!, Gilda explode num grito alto e claro, a voz de quem morre de um golpe certeiro, a respiração de quem volta a nado de uma longa viagem, uma viagem de Gilda e seu entregador, a viagem a que eu nunca poderia levar Gilda, uma viagem só deles, de Gilda e do seu entregador, não posso competir com o entregador de Gilda, fazer amor como a gente do povo faz, está tarde, minha mulher chega a qualquer momento, vou pedir para ela me trazer um uísque.

Sintomas

— Doutor, estou sentindo uma rima terrível.
— Onde é que dói?
— Às vezes, é bem aqui no peito. Às vezes, é uma pontada, aqui, na cabeça.
— O que é que o senhor faz, quando dói muito?
— Quando eu não aguento mais, eu faço um poema.
— Um o quê?
— Um poema. É uma espécie de mancha que dá bem no meio da página. Tem umas apavorantes. Mas também tem manchas lindas.
— E desde quando lhe acontecem esses poemas?
— Desde sempre. Desde quando, antes do ventre da minha mãe, eu fui pensado em alguma galáxia distante, por um planeta boiando na luz de um sol azul-amarelo-vermelho-verde-prata...
— Deixe-me ver sua língua.
— O senhor não leve a mal, mas é uma língua apenas portuguesa. Pouca gente no mundo já viu uma língua como essa.
— É, está feia sua língua. Mas não se incomode, que língua portuguesa ninguém presta atenção.
— Não é só a língua, doutor. Às vezes, tenho visões.
— Visões?
— É, vejo círculos, quadrados, triângulos inscritos em hexágonos, e linhas, linhas, linhas...
— O senhor conhece matemática?
— Só de nome.

— É, é mais grave do que eu pensava.
— Vou morrer?
— Um dia vai. Mas antes vai ser pior. O senhor pode ficar famoso.
— Para sempre?
— Não, quando é para sempre a gente chama glória. A fama passa.
— Ainda beira.
— Mas incomoda muito. Não tem horas em que o senhor sente que tem um estádio inteiro lhe aplaudindo de pé?
— Onde, doutor?
— Dentro da sua cabeça, é claro. Onde mais?
— Que alívio o senhor me contar isso. Pensei que estava ficando louco.
— Quem sabe? Quem sabe o que é loucura?
— Vá saber.
— Deixa eu completar os exames. Tem sentido muitos sintomas de concretismo gástrico ultimamente?
— Só quando eu vejo uma folha de letraset.
— Perfeito. Tem sentido algum soneto?
— Só de manhã, quando eu vou dormir de estômago vazio.
— Impulsos marginais?
— Depois que fui editado pela Brasiliense, meus sintomas marginais desapareceram. Deviam ser consequência do abuso da solidão e do provincialismo paroquial.
— Nada de pornô, espero.
— Um filha da puta aqui. Um caralho ali. Porra. Cabaço. Gozar. Só essas coisinhas corriqueiras, que vovó não deixava dizer, mas estão no *Aurélio*.
— Entendo. Não admira que o senhor tenha tido tantos poemas recentemente. Mas vou receitar uma dieta que vai lhe deixar tão bom quanto qualquer subgerente de vendas.
— Antes disso, será que o senhor não me deixava cantar alguma coisa?

— Cantar? Mas eu não tenho nada aqui para o senhor cantar.
— Pode deixar que eu trouxe umas canções comigo.
— Cuidado. Cantar demais faz mal.
— Não se preocupe, doutor. Eu só vou cantar um pouquinho.
— Está bem. Pode começar.
— Desafinar um pouquinho, não ligue. É assim mesmo:

Se houver céu depois da terra
e nessa estrela
a eterna primavera
pudera, tomara, que a vida quisera
que a gente se encontrara.
Proutra vida fica,
nosso amor mais louco,
fica tudo muito mais bonito,
fica a dita que faltou por pouco,
se houver céu...
Se houver céu,
como nessa vida não há,
a gente se achou bichinha
a gente se encontrará,
a gente se encontrará...

— Letra e música suas?
— Letra e música.
— *I see*. Deixa-me ver. O senhor tem algum vício?
— Eu amo uma mulher chamada Alice.
— Há muito tempo?
— A vida toda.
— O senhor é o caso mais grave de poesia que eu já vi até agora. Preciso consultar uns colegas.
— O que é que eu faço, doutor?
— Tome duas estrofes e me telefone amanhã cedo, sem falta.

Bauhaus Dazibaos
Kierkegaard Kindergarten
(Bauhaus Dazibaos)

Neste exato momento nada me daria mais prazer que bolar uma história na qual o rei de uns país africano determinava no começo do ano as palavras que os poetas da tribo poderiam usar aquele ano. As palavras tinham que ser só três, uma tradição que vinha lá dos fundos tempos e ninguém nunca tinha perguntado por quê, coisa, aliás, que nessa tribo era considerada uma indelicadeza, tanto que era punida com a castração do testículo esquerdo do mal-educado.

Durante tempos e tempos, aquela tribo foi feliz com seus poetas que só diziam três palavras, combinando-as em todas as combinações possíveis. Os bons reis escolhiam palavras fáceis de combinar, "aurora", "amor" e "alegria", por exemplo. Naquele ano, os poemas iriam ser:

aurora
alegria
do amor

Ou:

amor
aurora
da alegria

Nem faltaria algum poeta mais ousado que arriscasse:

alegria
amor
da aurora

Nesses anos, o povo era feliz, a chuva vinha no tempo e na medida certa, a terra dava cem frutos por um e o povo era feliz junto com seus poetas.

Mas havia reis cruéis, reis que escolhiam palavras difíceis de combinar. Havia até um, na tradição, que tinha infligido aos poetas do seu povo as palavras "inclusive", "quase" e "talvez". Triste ano foi aquele, parco de messes e ralo de poesia.

Depois desse tempo, veio a época dos reis fracos, reis que já não tinham mais a mesma força de autoridade dos reis de antigamente.

Os poetas conseguiram assim a vantagem de fazer poemas com mais palavras. Uma verdadeira festa o dia em que os poetas conseguiram o direito de fazer poemas com dez palavras.

Com o passar do tempo, os poetas foram aumentando seu poder, fazendo poemas com cada vez mais palavras.

Até que um dia foi necessário admitir, dá pra fazer poesia com quantas palavras o poeta quiser.

Mas a poesia nunca foi tão boa quanto na época em que tinha que ser feita só com três palavras.

A zona venenosa

1.

Só me disseram:

— Vai lá e pegue quem está passando essa droga.

Lá, eu sabia onde ficava. Era aquela cidade imensa, tão grande que, de noite, mudava a cor do céu. Lá, as estrelas tinham cor meio rosada e o céu era fosco como um vidro embaciado.

Saí do banho e fui fazer a barba, no quarto do hotel miserável. O espelho estava embaciado, passei a mão, e meu rosto foi aparecendo, a mesma cara de tira invocado. Está brabo com o quê, ô cara? É o mesmo de sempre, prensar umas figuras até a figura certa, dar umas porradas, atirar em caso de dúvidas. Um trabalho que qualquer bancário fazia.

Antigamente, puxar a carteira e dizer: "polícia", bastava.

Hoje, as coisas estão um pouco mais complicadas.

Antigamente, meu tio que era polícia me contou, só tinha dois lados, a lei e o crime. Ou você era polícia ou era criminoso.

Hoje, tudo estava dividido entre as Oito Entidades, a Yazuká, a Família, os Diabos Vermelhos, a Companhia Geral, os Cavaleiros do Assombro, o Sindicato dos Comandantes, e a coitada da Central, que é o que restou da antiga polícia do tempo do meu tio, hoje, um pequeno território, ora nas mãos de uma ou de outra das entidades, ou de várias, conforme o grau de acordos e alianças do momento.

Oito. Em minha lista, está faltando uma. Sempre está. Depois de muitas operações, as sete entidades chegaram à conclusão de que havia uma oitava operando, barrando ações, chegando antes, matando os nossos, operando em silêncio. Desde a descoberta, a oitava vem sendo o pesadelo de todos nós. Principalmente porque seus métodos de operar são os mais bárbaros e cruéis que se possa imaginar. A oitava Entidade não se contenta em matar, furar os olhos ou simplesmente castrar os adversários. Foram encontradas pessoas com a pele toda eliminada meticulosamente com ácido, deixando a vítima em carne viva. Houve casos de pessoas que a Oitava cortou as pernas e os braços, furou os olhos e deixou o tronco sangrento e vivo assando numa churrasqueira. Nenhuma das entidades opera assim.

2.

Me perguntem qualquer coisa menos a que entidade pertenço. Filho de pai japonês, comecei pela Yazuká. Nesse tempo, a Yazuká da cidade era aliada da Família e da Companhia Geral, em guerra contra a Central, o que era ínfimo (facílimo comprar todos os homens da Central) e contra o Sindicato dos Comandantes que tinha crescido muito nos últimos meses, por causa do dinheiro de inúmeros sequestros de políticos e ameaças de sabotagem em pontos cruciais.

A origem japonesa era a única coisa em comum entre os homens da Yazuká. Todos falavam dextrês. Vestiam-se à moda estrangeira. E não cultivavam nenhuma característica nipônica. Nunca bebiam saquê. Só uísque. E mudavam de nome assim que podiam.

Hiraoka, o Supremo Chefe da Yazuká, era um homem gordo e lerdo de aparência mas perfeito na conclusão das ações que determinava. O mínimo erro de seus homens era punido com morte dolorosa. A Yazuká cuidava principalmente do tráfico de escravas brancas e do contrabando de minérios radioativos, campo em que era imbatível.

Nunca se pode dizer ao certo, mas o efetivo da Yazuká devia beirar uns vinte e oito mil homens, espalhados por quatro continentes.

Era o grupo menos numeroso. Mas o mais disciplinado. Sempre esteve em boas relações com a Companhia Geral. E os Cavaleiros do Assombro eram seus grandes inimigos. Entre a Yazuká e os Cavaleiros, os confrontos eram sangrentos e cruéis, como foi o primeiro de que participei, assim que entrei na Yazuká.

Os Cavaleiros andavam metidos numa história de espionagem industrial, área da especialidade deles, depois que a Família se desinteressou pelo ramo, que vinha ficando cada vez mais perigoso.

Os Cavaleiros não tinham medo de nada. Agiam e morriam com o mesmo sangue-frio. Nunca se soube quem era o chefe. Parece que a chefia era coletiva. Mas tinha que existir uma inteligência por trás das atividades dos Cavaleiros. Tudo o que eles faziam era exato como se pensado por uma só cabeça.

Foi pensando nessas coisas que limpei o espelho de novo, mirei bem a minha cara e comecei a fazer a barba, a lâmina de cima para baixo, de baixo para cima, até me cortar. Sempre há sangue quando me barbeio. Vivo prometendo deixar a barba crescer. Mas tenho medo. Minha cara é essa, essa coisa que me aconteceu tantas vezes que acho que vai acontecer sempre.

3.

584-3295

Uma chamada, duas, três.
— Alô, quem fala?
— 584-3295.
— Quem está falando?
— 584-3295.
— Nada como um dia atrás do outro.

Era a senha, o pequeno primeiro passo para chegar até bons resultados, o único jeito de chegar até o pessoal que realmente interessava.
Silêncio.
De repente, a voz voltou:
— Está bem. Pode falar.
Do outro lado, silêncio.
— Alô, falei. Em marcos ou em libras?
Era a outra senha.
— Continue, uma voz nova disse.
— Há problemas. É preciso resolver.
— Coisa séria?
— A oitava entidade.
Silêncio.
— Amanhã. No restaurante Samovar. A partir das oito.
— Com quem?
— Você vai saber.

4.

Olhamos uns para os outros e uma imensa vaga de ternura e ódio nos atravessa. Estamos todos presos, docemente presos, numa teia de cumplicidades, crimes compartilhados, culpas mútuas, favores a pagar, ligeiros ódios e a delícia de intermináveis vinganças, a confusa passagem entre a raiva e o fascínio, a repugnância e a vertigem do outro.

Não sei ao certo o que sinto por nenhum deles. Gostaria de matar aqueles pelos quais tenho mais atração física. Só que nenhuma atração física é só física. As pessoas não são apenas entidades físicas. São processos químicos, mágicos, atmosféricos, mnemônicos, todos nós somos fantasmas de um mundo que já acabou e passamos, fantasmas, uns por dentro dos outros, colisão de imagens holográficas, eventos estúpidos a trezentos mil quilômetros por segundo, fundação de universos instantâneos.

Esse aqui à minha direita, por exemplo, com as pernas abertas, é, está na cara, um homem da Yazuká. O que não quer dizer muita coisa. Os homens da Yazuká podem estar em qualquer lugar. Quem sabe eu seja um homem da Yazuká. Não sei. Não faço questão de saber quem sou. Fazer já me é bastante. Mas esta reunião foi convocada pela Companhia Geral, o que quer dizer que a segurança lá fora é a mais severa. Só entra quem tem que entrar. Deve ser coisa muito séria. A Companhia não costuma fazer reuniões.

— Alguém nos traiu, o chefe do grupo falou.

Até aí tudo bem. Trair era o esporte favorito na Zona Venenosa.

Agora, preciso dar consistência ao personagem central. Vou até meu quarto onde posso me entregar a elucubrações, delírios e monólogos interiores que, sem dúvida, irão adensar esta minha rarefeita substância.

Esse aqui na minha frente, por exemplo, eu conheço.

É um homem da Família que passou para a Companhia quando a Companhia e a Família ensaiaram o projeto de se fundir numa só organização. O projeto terminou como vocês sabem, muita morte de lado a lado e uma inimizade imortal.

Estive com ele numa missão no mar.

5.

Muitos deles já deveriam ter sido mortos. Mas é que competência não se compra na farmácia da esquina. A maior parte sobrevive apenas, depois de tantas traições, porque todas as entidades os cobiçam. Depois, eliminar um deles não é coisa fácil. Além da competência pessoal de cada um, cada um tem a proteção de grupos, seus padrinhos, protetores secretos. É sempre melhor comprá-los.

Leva anos para fazer um como esse que está aí agora na minha frente. No serviço, a gente se conhece há anos. Os nomes não importam. A gente muda de nome à medida que muda de entidade.

Já fui Yamamoto. Depois, Devil Jack. El Guapo. Maciste. Atualmente, acho, me chamo Erik. Isto é, me chamam. Eu não sei, nunca soube, como me chamo. Nome é o que menos importa neste serviço.

Mais estranha foi aquela história com uma das feras da Companhia, aquele que usava o chapéu meio caído de lado.

Já tinha visto a peça uma outra vez, numa ação rápida contra a Central, na época em que todas as entidades estavam interessadas em bombas de gás lacrimogêneo.

Eu estava lá quando ele descarregou a metralhadora em cima de um carro da Central cheio de bombas de gás. Cara rápido, perigoso.

A reunião terminou, e ele me convidou para ir tomar alguma coisa.

Esse tipo de convite, normalmente, era promessa de acordo entre as entidades, ninguém recusava. Em certos empregos, nunca se tem folga.

A gente foi. Pro meu apartamento. Não exatamente pro meu. Pro dum amigo que me emprestava a chave para ocasiões especiais. Eu lá era besta de levar um desconhecido para o lugar onde eu dormia, tomava banho, ouvia Mingus, cagava o sashimi da noite anterior e tocava punheta vendo videocassete?

A gente entrou, o cara jogou o chapéu no sofá e se atirou de costas entre as almofadas.

— Me traz um gin, ele falou.

— Não tem gin, tem rum, serve?

— Qualquer coisa serve.

Trouxe o álcool na caneca.

Liguei o vídeo. E botei *Pat Garrett and Billy The Kid*, do Sam Peckinpah.

— Esse filme é uma merda, ele falou. O Kid morre no final.

— Todo mundo morre no final, eu falei.

— Você é um idiota, ele falou.

Levei a mão ao revólver. Mas ele falou.

— Mas eu gosto de você.

Nessa hora, senti uma coisa esquisita, uma certa tontura, um zumbido no ouvido, um atropelo no peito, coisas assim, bobas.

Ele levantou e disse:

— Eu não sou o que você pensa.

Tirou o paletó, a gravata, a camisa e fez seus seios pularem como duas rãs eletrocutadas.

Uma força imensa veio do fundo de tudo e me invadiu, a força que só vem quando explode uma mulher.

Comecei a tirar a roupa, camisa, camiseta, calça, calcinha, quando pensei, seria uma mulher?

Levei a mão entre as pernas. Nada. Era uma mulher. Não era um travesti. Era uma mulher. *Wait a minute*. E se for um travesti operado? Levei a mão à buceta e comecei a bolinar. Se for mulher, vai umedecer já, já. Um, dois, três minutos, nada acontecia.

De repente, ela me bateu.

Ela me bateu, eu devolvi. Ela bateu de novo, comecei a esmurrá-la como se fosse no saco de areia da academia de boxe.

De repente, lá pelo décimo soco, sei lá, a cabeça dela caiu para o lado, morta.

Só então me dei conta de que amava aquela garota.

Dei um beijo nela e saí.

Amor não é tudo na vida.

O.K. Corral

Sobre o que houve no corral O.K., em Tombstone, na manhã de 11 de março de 1883, só sobraram três filmes, notáveis todos os três, *My Darling Clementine*, de John Ford. *O.K. Corral*, de John Sturges...
— Qual era o nome do terceiro?
— Dos Earp ou dos Clanton?
— O nome do terceiro filme.
— Bobagenzinha sem importância, ele falou, e continuou a desbastar o cavaco com o canivete, aquele veterano de guerra dos índios, que ainda guardava fumo no saquinho feito com o escalpo do pentelho de uma squaw cheyenne, abatida a winchester e cortada a faca em alguma obscura escaramuça fronteiriça.
— Não foi bem assim. Se me lembro bem, quando Doc chegou naquela diligência, o delegado ainda não era Wyatt. Era aquele outro, o texano alto, aquele tal de Jerry, Jerry Lee Lewis, o tal que levou um tiro bem no meio da testa, na fazenda dos Epstein, aquela lá pra baixo de Sioux Creek, você sabe, no tempo que ainda tinha búfalos por aquelas bandas. Até hoje não se sabe quem, quem acertou o delegado Lewis, até hoje ninguém sabe, talvez algum coiote, quem sabe uma coruja. Aquela noite estava muito escura, ah, mister, muito escura, muito escura. Até hoje a velha Maybe ainda diz, "escura como aquela noite". E a velha Maybe tem sempre razão, nunca houve uma noite tão escura como aquela.

— A noite em que Lewis foi morto?
— Não, meu rapaz... A noite antes da manhã, essa manhã quando aconteceram aquelas coisas no curral O.K.
— O senhor estava lá?
— Claro. Claro que não. Quem dera. Mas é como se tivesse estado.
— Quantos homens ao todo?
— Difícil dizer. Deixe-me ver.
No filme de Ford, o delegado Wyatt Earp é Henry Fonda. E Doc Holliday é Victor Mature. E Doc morre no duelo final. No filme de Sturges, o delegado é Burt Lancaster e Kirk Douglas é Doc Holliday.
Do terceiro filme, tudo o que eu sabia é que James Garner era Wyatt e Doc Holliday era Humphrey Bogart, perdão, Jason Robards.
— Da parte dos Clanton, sei que eram seis. Os cinco rapazes e o velho. Mas parece que tinha mais alguém, deixe-me ver, deixe-me ver. Alguém tinha acabado de chegar na cidade. Como é que era mesmo o nome? Usava duas pistolas, as duas ali, bem na altura da mão. Mas entendia de gado, aquele bandido. Ele começou a trabalhar para os Clanton. Parece que pediu a mão de Patty Clanton em casamento. E os irmãos pediram um ano pra pensar. Patty! Ah, meu amor, como você era linda!
— Ele morreu em O.K. Curral?
— O corpo nunca foi encontrado. Mas quem sabe? Alguém leva um tiro e sai cavalgando por aí por esses desertos de Deus, dos índios, das cascavéis, do sol que cega o olho dos cavalos. Quem sabe.
— Quem atirou primeiro?
— Fica difícil de dizer, depois de todos esses anos. E, depois, um homem instruído como o senhor sabe que essas coisas, coisas como essa, são difíceis de determinar. O dedo está

ali no gatilho, quando o dedo pisca, sai bala. Depois, alguém tinha que começar, o senhor não acha?

— Aposto que foi Doc.

— Pois perdeu, mister. Doc não era desses. Além de dentista, era um jogador, a melhor mão de pôquer em todo o território. O senhor sabe melhor que eu, jogadores são gente cautelosa. Doc matou muita gente. Mas sempre sacaram antes.

— Era tão rápido quanto dizem?

— Rápido? Doc te metia duas balas entre os olhos no espaço que eu levo para dizer "Ó Lord". Um cavalheiro de verdade.

— Ouvi dizer que Doc fez a fama atirando em bêbados e matando gente pelas costas.

— Que importa o lugar por onde você morre? Nós todos temos que morrer um dia. Wyatt o amava.

— Mas Wyatt era a lei. Doc tinha dez mortos nas costas.

— Lei? Lei, mister, é coisa muito relativa. Qual foi a lei que disse que, naquele dia, ia acontecer tudo aquilo, bem ali, no curral O.K.?

Transperto

I.

Morei anos diante de uma empresa de mudanças, a Transperto, que ficava ali onde tem agora aquele estacionamento. Cresci vendo casas saindo, as tripas dos lares e das famílias à mostra pelas ruas, o fogão dos almoços e jantares, os guarda-roupas paquidermes sacudidos por fantasmas e esqueletos de amantes mortos, os espelhos meus-dizei-me de alguém-mais bela-que-eu, os santos sempre de pé, as eternas nossas senhoras do perpétuo socorro, as máquinas de costura traçando tic-tac as linhas infinitas das encomendas atrasadas.

Assim, minha alma foi indo embora em pedaços, a cada mudança, antes que eu tivesse tempo de transformá-la numa coisa calma como um copo d'agua de poço dado por uma velhinha a um jardineiro sedento.

Assim, feri para todos os lados essa minha vontade de ver e ser visto, amar e ser amado e só assim ser.

Naquele tempo, o lugar onde eu morava começava a cultivar o cacoete de promover concursos de contos todos os anos.

E era assim que abria o relato com que enfrentei o primeiro certame de lendas da minha terra.

Atraídos pela importância do prêmio, uma verdadeira fábula para a época, enxames de lendeiros do país inteiro acorriam, esperançosos, à disputa, com seus enredos mais redondos, intrigas profundas, truques infalíveis e transparentes pseudônimos misteriosos.

Meu conto, apenas mais um dos casos possíveis dos contos infinitos de que a fantasia geral era capaz, passou (quase) despercebido. Naquela época, eu ainda não sabia contar a minha história. Eu ainda não sabia como transformar o arbitrário em necessidade.

2.

Alguma coisa, porém, quis que, um dia, eu fosse isso que estou a ponto de me tornar.

Primeiro, me fez professor.

Professor, aprendi a entender perguntas, coisa fundamental para essa pessoa que eu quero ser, alguém que tem que saber falar com pedras, personagens, palavras, frases, cenas, instantes, essas coisas.

Depois o destino criou uma porção de confusões, que me obrigaram a virar jornalista. Aí, tive que aprender como funcionam as grandes coisas: as recessões, as greves, as crises nacionais, os impasses da Otan, os números da dívida externa, as secas, as inundações, as safras.

Foi vital. Descobri que as grandes coisas estão nas pequenas, assim como as pequenas estão nas grandes.

O pior estava reservado para o final. Depois de muito hesitar, o destino, esse sinônimo de alguma coisa e coisa alguma, me quis publicitário.

Sabonetes, suspensórios, consórcios, aqui vamos nós.

3.

Na época da lenda, eu ainda era só professor, e meu pseudônimo, não espalhem, foi "Proteu".

Mas nem tudo era mudança, eu prosseguia, na rua da Transperto. Umas coisas ficavam. Estranhamente. Mas ficavam. Ficavam mais fortes. Ficavam mais verdes. Ficavam mais loucas. Ficavam ali. Bem ali.

Naqueles dias, pouca coisa perseverava no seu ser.

Cada vez que alguém julgava compreender alguma coisa, o próprio gesto de compreender esbarrava na coisa, e a deslocava para um lugar outro, um lugar tal que a gente perguntava:

— Viu minha coisa por aí?,

e ninguém nunca tinha visto, ou se tinha, mentia.

4.

Qualquer pessoa que já lecionou História sabe que a aula sobre a Revolução Francesa fica muito mais fácil de dar depois da vigésima quinta vez.

Era a terceira vez no semestre que o povo francês, revoltado com tantos versos e Versalhes, tomava a Bastilha.

Mostrei a cabeça de Luís XVI aos alunos.

— Vejam, eu disse.

— Em que ano foi isso?, alguém arriscou.

Ano? Que ano? 1980 não pode ser. Isso foi agora há pouco. 1394 também não.

A cabeça abriu a boca, e disse:

— Estou com frio no pescoço desde 1791, e eu a chutei pela linha de fundo que, em decisão de Campeonato Nacional, não se brinca na grande área.

Grandes tempos, aqueles.

Alguma coisa

Numa dessas vezes em que a gente troca um tempo de verbo, um plural por um singular e, daí, pigarreia, olha pra gente mesmo e diz: desculpe, eu quis dizer...
No momento, não era nada. Mas nem todos os nadas são iguais. *Aquele* era especial, uma diferença que ficou vibrando, me chamando como um abismo.
— O resto você sabe.
O resto! Deu tudo certo. O dinheiro está seguro. Até *aquele assunto* está resolvido. Aquele? Já devia ter sido há muito tempo, só agora me ocorre. Por que demorou tanto tempo? Sempre tinha uma desculpa. Não se encontra na cidade. O lugar estava assim de testemunhas. Disse que quer falar com você, pessoalmente.
— Vamos começar do começo.
— Comece você.
— Resolvido, resolvido *mesmo?*
— Não incomoda mais.
— Nunca mais?
Levou o dedo à garganta, encostou, e puxou como um canivete cortando um barbante.
— Sem testemunhas?
— Quem gosta de ser olhado é espelho. Nunca faço uma coisa dessas com gente olhando. Você me conhece.
Eu te conhecia. Mas aconteceu alguma coisa, agora sim, tenho quase certeza, uma coisa, nesse trabalho, fez você mudar

de olhar. Quem não te conhecesse, não ia notar nada. Mas eu te conhecia. Nem sei se é mais uma impressão, um jeito mais fugaz, sei lá, qualquer coisa não está mais no [...] pazes saíram ontem de noite pra fazer esse trabalhinho fácil, tão fácil que até pensei, nem ia precisar alguém como eu pra dar as instruções. Você ia se encarregar de tudo, lembra?

— Como sempre, você disse.

"Como sempre..." Sempre, meu amigo, é um tempo muito comprido. De "ainda não" até "nunca mais", muita coisa pode acontecer. Vamos ver quem consegue fazer mais coisas acontecerem.

— Você me conhece.

Você me conhece. Você. Você me conhece? Aquilo, sobretudo, soou esquisito. Se conheço você do jeito que você diz, *pra que me lembrar disso?*

— Se não te conhecesse, eu falei, e parei a frase bem no meio, só pra ver o efeito na cara dele.

Continuou com a mesma cara, nenhum movimento novo. Então, entendi que devia estar fazendo uma aguda força interior para manter o exterior inalterável, igual, idêntico às suas intenções. *Ele queria que eu acreditasse em alguma coisa.* Detesto teatro, mas tive que continuar representando, para que não se desse conta de que eu já sabia *quase* tudo agora. Se precipitasse qualquer gesto brusco, chamasse os rapazes para arrancar um pouco de sangue, eu podia estar perdendo o principal. Podia ser coisa grande, uma gorda jogada planejada há muito tempo. Ele soltou uma risada amarela, uma das duas que dava, de vez em quando. E meu faro para os negócios sentiu cheiro de dinheiro.

— Vamos tomar alguma coisa, eu disse.

Ele levantou rápido, e foi para as garrafas.

— Deixe que eu sirvo.

Ele nunca tinha feito isso antes.

Preciso acabar com ele, hoje mesmo. Hoje à noite, algo me diz. Desconfio que já está começando a suspeitar de alguma coisa.

Entre quatro parênteses

(para Aurea e Estrela)

O pai, a mãe, as irmãs, nunca vi pessoalmente. Mas de tanto ouvi-la contar como é cada um, os gestos, os trejeitos, modos de falar, manias, é como se lhes fosse íntimo.
Também nunca a conheci.
Tudo o que sei sobre ela aprendi no diário que ditou ao avô que cuidou dela até o fim.
As páginas do diário estão cobertas com uma escrita muito ornamental, de antigamente, regular e firme, tremidos ocasionais denunciando a hesitação de uma mão de velho.
Como ela não tinha condições de surpreendê-lo (que é surpresa para os como ela?), o avô copista deixava escapar ocasionalmente uma que outra frase, falando com sua própria voz. É fácil localizar suas intervenções: ele as escreveu todas, com tinta roxa (a tinta do diário é preta), dentro de uma barreira de breves parênteses. Mergulhar nesses parênteses foi para mim a vertigem de afundar no tempo, regredir a um passado ainda mais remoto (não só a ortografia e a caligrafia, mas a própria gramática e o vocabulário das frases entre parênteses denotando um mundo oitenta anos mais antigo do que a data da redação do diário). Difícil datar o diário com alguma exatidão. Quase não há acontecimentos exteriores. A morte de uma tia. Um inverno mais rigoroso. A nova criada. Sons, cheiros, isso tudo são coisas perpétuas, de sempiterno acontecer. A passagem de uma bicicleta pelo quadro altera um pouco esse silêncio sobre a história e o tempo. Mas não muito. Entre as primeiras bicicletas e

o dia de hoje, muitos anos se passaram, a cavalo, de navio, de trem, de zepelim. Nenhuma menção (seria precioso) de moedas ou dinheiro, guerras ou calamidades famosas. O diário abre dizendo, "depois do dia em que aconteceu tudo aquilo, me tornei outra pessoa". O evento que merece o enfático superlativo de "tudo aquilo" nunca é especificado em sua verdadeira natureza. Às vezes, parece ter sido uma festa familiar (ou seria um piquenique?). Outras, parece uma espécie de reunião para discutir assuntos sérios. Uns dois ou três lugares, tem-se a impressão que "aquilo tudo" aconteceu em dois lugares diferentes ao mesmo tempo. Ou duas vezes *simultaneamente*, o que é evidentemente absurdo. Obscurece muito a leitura a falta de algumas páginas cobrindo dias inteiros. Visível que essas laudas foram arrancadas do diário por uma mão nervosa, num ímpeto brusco: a borda interna do caderno está dilacerada. Quem teria sido? Ela, evidentemente, por sua condição, está excluída. A suspeita maior recai, claro, sobre o avô. Mas a violência com que tantas páginas foram arrancadas ao mesmo tempo não combina com as forças decrépitas de um velho que termina várias páginas escrevendo entre parênteses, seu espaço particular naquele emaranhado de frases, "não posso mais", "tanta coisa para escrever e tempo tão exíguo", "a dor na mão me obriga a suspender meu labor por hoje". Resta a hipótese de um terceiro. Teria que ser alguém íntimo. Em várias passagens, está descrito, com abundância de minúcias, o ritual diário para esconder o volume. O lugar secreto (ou lugares) é designado apenas como "o esconderijo", às vezes como "o santo sepulcro destes horrores". Uma vez como "a toca das feras famintas". Via de regra, a escrita de um dia termina simplesmente com a frase: "Por hoje, é só e demais para um coração que já viu tanto. Vamos voltar para o escuro" (a pesada retórica dessas passagens, responsabilidade exclusiva do escriba, produz um contraste gritante com o espírito de caixinha de música, sílfide, volátil, lepidóptero, das frases ditadas por ela).

Não fica claro quem escondia o diário depois de cada encontro entre avô e neta. Evidentemente, devia ficar muito bem escondido, já que os dois conheciam a casa como quem conhece as intimidades do próprio corpo, como só conhece um lugar quem nasceu e cresceu nele. Mas eles não estavam sós na casa. A lembrança da mãe impregna todos os detalhes e movimentos com o peso outonal de um perfume antigo. Quem domina a cena, porém, é a presença da irmã mais velha. Por alguma razão, que nunca vem completamente à luz, a mãe jamais deixava o quarto onde recebia as refeições e as visitas diárias das filhas, devolvendo-lhes em ordens os desvelos. Essa reclusão não está ligada a doença ou invalidez, ao que parece. Em nenhum lugar paira a menção a médicos ou remédios, acessos de tosse ou sustos noturnos. Em inúmeras passagens do diário, as irmãs, principalmente a mais velha, Nímia, surgem apenas como executantes dóceis da vontade da mãe, "Nímia me levou até as árvores no fundo da casa. Ela disse que mamãe contava como eu gostava de brincar lá, há muito tempo atrás, quando eu era menina. Mamãe sempre contava essa história. Cada vez que ela contava, Nímia vinha e me levava até aquele lugar tão bonito, o vento nos salgueiros, o cheiro da água do lago, o canto dos passarinhos ao sol. Às vezes, eu ficava tanto tempo ali que começava a ficar tonta, a ouvir vozes que vinham do meio do lago e o barulho de dois remos na água como se alguém estivesse partindo num bote. Às vezes, o schlep-schlep era tão suave que não dava para saber bem se o bote estava partindo ou chegando. Hoje apanhei sol demais. Estou com muita dor de cabeça. Preciso ficar um pouco no escuro. Quase não dormi a noite passada".

Não devia ser fácil esconder um diário por quase dois anos, numa casa com tantas pessoas. A hipótese tentadora de que o esconderijo do diário fosse algum lugar no quarto dela ou dele não resiste a certas passagens onde as peripécias para esconder o diário ocupam uma página inteira, como se aquilo tivesse sido o acontecimento mais emocionante do dia e nada mais tivesse acontecido. Uma dessas páginas termina com uma frase em tinta roxa entre parênteses, "hoje foi por pouco". Quem sabe a frase se refere a algum momento em que o velho quase foi surpreendido por alguém, quando escondia ou apanhava o diário. Certo, porém, como nunca saberemos muita coisa sobre o que se passava naquela casa, é que um dia o diário desapareceu. Voltou no dia seguinte. Por sorte, tinha sido num dia em que cabia ao velho guardá-lo (por razões de segurança ou busca de emoções novas, revezavam-se para esconder o diário, um dia ele, um dia ela). Tremendo de perturbação, o velho fingiu ter trazido o diário.

— Aconteceu alguma coisa, ela disse, sentindo no ar e na voz do avô a vibração molesta de algum imprevisto.

— Está tudo bem, minha querida, tudo em ordem. Não aconteceu nada, o dia está perfeito. Essa tosse teimosa não me deixou dormir a noite toda.

Os ouvidos dela eram capazes de captar, no escuro da noite, o ruído de um rato limpando o focinho, uma lágrima escorrendo no espelho, qualquer coisa vivendo ou morrendo na casa.

A noite passada, não tinha ouvido nenhuma tosse.

— O diário está aí com você?, ela perguntou.

— Claro, querida. Bem aqui no meu colo.

— Posso segurá-lo um pouco?

Justo neste ponto, o diário cai num abismo, uma lacuna de dias, quase cinco páginas arrancadas.

O texto volta nuns roxos parênteses do velho, "depois da tormenta, a bonança, essa sensação de que tudo já foi vivido e só continuamos aqui para tentar curar a irremediável ferida".

O texto para. Segue uma página em branco (a única em todo o diário). E retorna a mesma caligrafia solene e tranquila como um velho baú num sótão à meia-luz.

"Papai chegou."

Este pai que voltava aparece muito pouco no diário. Evidentemente, não morava na casa. Por algumas alusões muito fugazes, não é absurdo supor que vivia no estrangeiro (era estrangeiro, parece: ela menciona a maneira arrastada como pronunciava certas palavras). Por não ter trazido presentes ("como sempre"), podemos entender que era homem de poucas posses. Sua chegada não deu lugar a nenhuma celebração, sinal quase certo de que não era benquisto na casa. "Quatro dias que ele está aqui. Sua presença eu posso sentir como quando está chegando a noite. Ainda não veio falar comigo. Hoje, por fim, mamãe concordou em falar com ele. Ouvi gritos e vozes altas por trás da porta fechada."

A partir daí, o diário deixa de respeitar a ordem dos dias, num turbilhão de frases soltas difíceis de reduzir aos eventos que as provocaram. Esse bloco desconexo abre com um parêntese roxo que ocupa, desesperadamente, uma página inteira, "eu sabia!, eu sabia!, estava escrito!, alguém devia ter feito alguma coisa!, ia acontecer, cedo ou tarde...". Passado o parêntese, a narrativa retorna seu curso, com a voz dela, "ele veio me ver, agora está tudo claro...".

— Você está bem, meu amor?

Ela estendeu as mãos para a frente, ele a segurou forte e os dois ficaram tremendo por um momento. Ele se ajoelhou diante dela e a beijou na testa. Ficaram assim longo tempo, se olhando nos olhos. Só então ele foi voltando a si, e se virou para mim, bem devagar:

— Seu barba de bode imprestável, não morreu ainda?, me perguntou com o bom sorriso de antigamente.

"Barba de bode", era assim que ele me chamava.

— Você sabe muito bem que vou viver mais que vocês todos juntos.

Nesse momento, enquanto ele estava voltado para mim, percebi, com o canto dos olhos, a coisa que me gelou o sangue.

Ela estava *olhando* para o quarto todo, indo com os olhos da janela aberta para o teto, das cortinas ao pai, dos móveis até os desenhos no tapete, uma caravana de camelos carregada de mercadorias conduzidas por beduínos barbudos, atravessando um deserto.

— Hoje está lindo, ela disse, e sorriu como nunca.

Quase adivinhei, com terror, a coisa abominável que ela ia dizer:

— Roupas claras deixam você mais gordo. Você, de agora em diante, só vai usar roupas escuras, viu?

O diário cai em novo parêntese, cheio de palavras riscadas, "como pude me enganar esse tempo todo?, como é que até os médicos se enganaram?, por que é que ela não me contou tudo?"...

Ninguém, nem eu que tenho o sono leve dos velhos, ouviu nada aquela noite.

Aqui o texto fica muito confuso com parênteses em tinta roxa e preta.

Do pouco que se pode entender, entendi que, de manhã, faltavam duas pessoas na casa.

Mas o diário não termina. Brilha ainda mais uma página, mais um longo dia.

"Nunca imaginei que esta cadeira fosse tão confortável. Daqui, posso ver a janela aberta, sentir o vento no rosto e o cheiro da água do lago. Já deve ser outubro. Vovô está muito silencioso hoje ('Ia acontecer!, estava acontecendo o tempo todo diante dos meus olhos!'). A luz do sol na janela está ficando mais fraca. Está escurecendo cedo. Mal consigo enxergar a cor das cortinas. E essa caravana de camelos no tapete, para onde será que vai indo?"

© Herdeiras de Paulo Leminski, 2025

Todos os direitos desta edição reservados à Todavia.

Grafia atualizada segundo o Acordo Ortográfico da Língua Portuguesa de 1990, que entrou em vigor em 2009.

capa
Bloco Gráfico
ilustração de capa
Ana Matsusaki
composição
Lívia Takemura
preparação
Huendel Viana
revisão
Tomoe Moroizumi
Érika Nogueira Vieira

Dados Internacionais de Catalogação na Publicação (CIP)

Leminski, Paulo (1944-1989)
Gozo fabuloso / Paulo Leminski. — 1. ed. — São Paulo : Todavia, 2025.

ISBN 978-65-5692-856-2

1. Literatura brasileira. 2. Contos. 3. Ficção. I. Título.

CDD B869.3

Índice para catálogo sistemático:
1. Literatura brasileira : Contos B869.3

Bruna Heller — Bibliotecária — CRB 10/2348

todavia
Rua Fidalga, 826
05432.000 São Paulo SP
T. 55 11 3094 0500
www.todavialivros.com.br

fonte
Register*
papel
Pólen natural 80 g/m²
impressão
Geográfica